徳 間 文 庫

邪　　淫

冥《めい》府《ふ》の刺《し》客《かく》

黒 崎 裕 一 郎

徳 間 書 店

目次

第一章　刺青《いれずみ》の女

1

日本橋小網《こあみ》町一丁目の東に『稲荷堀《とうかんぼり》』とよばれる入堀《いりぼり》（運河）がある。その堀の北側に小さな稲荷《いなり》社があり、入堀はそこで堀留となっている。

東岸に連なる長大な白壁の塀は、酒井雅楽頭《うたのかみ》の蔵屋敷、西岸にまばらに点在する町屋は牡蠣殻町《かきがらちょう》である。海が近いせいか、潮の香をふくんだ風が寒々と吹き抜ける。

季節は秋である。

堀端の雑木林の楓《かえで》、欅《けやき》、山法師《やまぼうし》などが燃えるように紅葉し、路傍には紅白の萩《はぎ》の花が咲き乱れている。

その林の中から朝の冷気を引き裂くように、鋭い気合がひびいてくる。

片肌脱ぎの浪人が無反《むぞ》りの直刀を無心に振っている。歳は二十七、八。長身瘦軀《そうく》。うっすらと汗をにじませた上半身は鋼《はがね》のように筋骨たくましく、直刀の一振り一振りには鬼気迫る気合がこめられていた。

異相の浪人である。

額に太い二筋の傷痕《きずあと》、その傷に引きつられるように吊りあがった両眼、鼻梁《びりょう》が高く、頬がそげ落ち、顎《あご》はくさびのように尖《とが》っている。まさに悪鬼羅刹《らせつ》の面貌《めんぼう》である。

──死神幻十郎。

浪人はそう自称している。むろん本名ではない。

一年半前、阿片密売一味の卑劣な罠《わな》にはめられ、小伝馬町の刑場の露と消えた元南町奉行所定町回り《じょうまちまわり》同心・神山源十郎──それがこの男の正体である。

「とうッ！」

裂帛《れっぱく》の気合とともに、楓の朽葉《くちば》が一枚、千々に千切れて宙に散った。その刃風にあおられて季節はずれの白い蝶《ちょう》があわあわと飛び去っていった。

素振りの手をとめて、幻十郎はうつろな目で飛び去る蝶を見た。稲荷堀の水面に風が吹きわたり、さざ波が立っている。

（あれからもう一年半になるか……）

ふと幻十郎の胸に苦い想いがこみあげてきた。人間の記憶というものは厄介なものである。拭《ぬぐ》い去ろうとすればするほど、蛭《ひる》のように執拗《しつよう》に心のひだに食い込んでくる。ときには鋭い痛みを伴って……。

事件が起きたのは、昨年（文政六年）の四月だった。

一日の勤めをおえて八丁堀の組屋敷に帰宅した幻十郎（源十郎）は、奥の部屋の襖《ふすま》をひき開けるなり、脳天を叩きのめされたような烈しい衝撃をうけて立ちすくんだ。

薄暗い部屋のなかで、妻の織絵が朋輩《ほうばい》の隠密回り同心・吉見伝四郎に凌 辱《りようじよく》されていた。

逆上した源十郎は、あわてて逃げ出す吉見の背に一刀をあびせ、さらに玄関でとどめの一太刀を脇腹にぶち込んだ。断末魔の悲鳴をあげて三和土《たたき》に転げ落ちる吉見を尻目に、すぐさま奥の部屋にとって返すと、妻の織絵は懐剣で喉《のど》を突いて自害していた。

異変に気づいた近隣の住人の通報で、ほどなく上役与力《よりき》や同心たちが神山家に駆けつけ、源十郎はその場で捕縛されて小伝馬町牢屋敷の揚屋に収監された。

四日後に奉行の沙汰《さた》が下された。

死罪（斬罪《ざんざい》）である。

直参の幕臣にたいする処罰としては、異例の、というより理不尽なまでに重い刑罰であった。あとで知ったことだが、この処罰を決めたのは、阿片密売一味に抱きこまれた吟味与力・大庭弥之助だったのである。

すべては巧妙に仕組まれた罠であった。

阿片密売一味は、隠密回り同心・吉見伝四郎を買収して妻の織絵を凌辱させ、その吉見を斬殺した源十郎に極刑が下されるべく、吟味与力の大庭を金で抱きこんだのである。刑は即日執行され、南町奉行所一といわれた敏腕同心・神山源十郎は、刑場の露と消えた——と、世間の誰もがそう信じて疑わなかった。

だが……。

源十郎は生きていた。

処刑直前に『楽翁《らくおう》』と名乗る謎の人物の秘策によって死の淵《ふち》から引きずり上げられたのである。刑場で首を打たれたのは替え玉の罪人であった。この秘密を知っているのは『楽翁』と牢屋奉行の石出帯刀《たてわき》だけである。

事実上この世に存在するはずのない〝死人《しびと》〟となった源十郎は、剃刀《かみそり》で額に二筋の傷をつけて面貌を変え、みずから「死神幻十郎」と名乗った。二筋の傷のひとつは自害した妻・織絵への、もうひとつはこの世から抹殺されたおのれへの供養の傷であった。

——おぬしは一度この世から消えた死びとだ。死びとに法はいらぬ。おぬしの存念ひとつで、疑わしきは斬《き》って捨てろ。

それが『楽翁』から申し渡された秘密の任務であった。

以来、幻十郎は今生《こんじよう》のしがらみをいっさい切り棄て、現世《げんせ》無縁の冥府《めいふ》の刺客（闇《やみ》の殺し人）となったのである。

「旦那」

背後で男の声がした。ふり返ると、額の禿《は》げあがった中年男が両袖をトンビにして、ひらひらと走ってくる。『四つ目屋』の鬼八《きはち》である。

「おう、鬼八」

「精が出やすね」

「おれに何か用か？」

「いえ、野暮用で近くまできたもんですから、ちょいと——」

「そうか。茶でも飲んでいけ」

幻十郎は片肌脱ぎの着物に袖を通し、刀を鞘《さや》におさめて大股《おおまた》に歩き出した。鬼八がひょこひょこと従《つ》いてゆく。

紅葉した雑木林の中を半丁も行くと、樹間の向こうに茅葺《かやぶ》きの一軒家が見えた。

幻十郎の住まい『風月庵《あん》』である。名前だけは立派だが、いまにもひしげそうな陋屋《ろうおく》である。

立てつけの悪い板戸を引きあけて土間に足を踏みいれると、奥からぷうんと香ばしい味《み》噌《そ》の匂いが流れてきた。

板間の囲炉裏《いろり》の前に朝餉《あさげ》の膳《ぜん》がしつらえてある。

「朝飯の支度ができておりやす」

勝手のほうから、坊主頭の若い男が前掛けで手を拭《ふ》き拭き出てきた。『百化け』の歌次郎である。その異名が示すとおり、歌次郎は変装の名人である。

「鬼八も一緒だ」

「やあ、鬼八さん、お久しぶり」

「元気そうだな、歌次」

「へい。元気だけが取り柄なもんで……。あ、すぐ鬼八さんのぶんも用意しやすから」

ひらりと勝手にとって返し、飯を盛った茶碗《ちゃわん》と汁の椀を箱膳にのせて運んでくると、囲炉裏の鍋《なべ》の味噌汁を椀についで、

「ささ、どうぞ」

と差し出した。まるで女のような甲斐甲斐《かいがい》しさである。

三人は囲炉裏をかこんで朝飯を食べはじめた。

「ところで、旦那」

鬼八がふと箸《はし》をもつ手を止めて、幻十郎の顔を見やった。

「またドンド橋の下で女の土左衛門があがったそうですよ」

「ほう……」

飲みかけの汁椀を膳において、幻十郎は鋭い目つきで鬼八の顔を見返した。

『ドンド橋』というのは、江戸川が神田川に流れこむ河口に架かっている『船河原橋』の俗称である。この橋の下に鯉《こい》などの川魚を保護するための堰《せき》があり、その堰から流れ落ちる水音があたりにドンドンとひびくところから『ドンド橋』とよばれるようになったとか。

半月ほど前にも、ドンド橋の上流の大曲《おおまがり》で若い女の土左衛門があがったという話を、幻十郎は町のうわさで聞いたことがある。奇妙なことに若い女の土左衛門は、いずれも緋《ひ》襦袢《じゅばん》をまとっただけのあられもない姿だったという。

「しかも、ふたりとも内股に刺青《いれずみ》を彫ってやしてね」

「刺青？」

幻十郎が聞きかえす。

「へえ。ちょうどこのあたりに――」

と、おのれの股間《こかん》を指さして、

「女陰《ほと》のすぐ脇に、ひとりは蟹《かに》の刺青を……、もうひとりはとぐろを巻いた蛇の刺青を彫っていたそうで――」

以前、といっても、もう七、八年前のことだが、町方の口問《くちど》い（情報屋）をしていただけに、鬼八はこの手の情報にやけに詳しい。

「素人女じゃありやせんね」

沢庵《たくあん》をぼりぼりかじりながら、歌次郎がいった。それを受けて、

「足抜けした女郎かもしれねえな」

と幻十郎がつぶやいた。

ドンド橋の付近といえば、すぐ思いあたるのが市谷八幡門前町の岡場所である。

『十方庵遊歴雑記』(文化十一年)に、

「東武市ガ谷八幡宮は、売色の徒集ひ、山猫などいふ異名を呼びて、金猫銀猫と称し、飄客《ひょうかく》浮かれ来り、昼夜音曲《おんぎょく》の淫声たえず、或いは豆蔵(手品使い)といふもの定小屋《じょうごや》に出て、いとど賑《にぎわ》ひたりし」

と記されているように、市谷八幡は江戸でも屈指の遊所なのだ。ちなみに山猫とは、隠し売女《ばいた》の隠語である。

2

江戸の岡場所で身をひさぐ淫売女のほとんどは、地方から売られてきた娘たちである。

幕府公認の遊里・吉原の遊女には「年季」があるが、岡場所の女郎にはそれがない。生涯、男たちの欲情の道具として酷使される運命にあった。俗に「苦界《くがい》」とよばれるゆえんである。

そうした境涯に耐えられず、厳しい監視の目をくぐり抜けて足抜け(脱走)する女郎があとをたたなかった。

女郎の足抜けは命がけである。追手に見つかって連れもどされれば、手ひどい折檻《せっかん》を受ける。へたをすれば殺されかねないし、逃走の途中、誤って川や濠《ほり》に転落して命を落とすものも少なくなかった。おそらく江戸川で水死したふたりの女も、足抜けに失敗した女郎であろう。

「ところが、どうやら、そうでもなさそうなんで……」

味噌汁をすすりながら鬼八が首をふった。

「〝神楽坂《かぐらざか》の伝蔵〟って岡《おか》っ引《ぴき》から聞いた話なんですがね」

水死したふたりの女の身元を洗うために、市谷八幡の岡場所をしらみ潰《つぶ》しに聞き込みに歩いてみたが、該当する女郎はいなかったという。女郎屋のあるじが後難を恐れて白《しら》を切っているということも十分に考えられるので、念のために常連の遊び客たちにも当たってみたのだが……、

「やっぱり、それらしい女郎は――」

「いなかったか？」

「へい」

と、うなずいて、鬼八はふところから折り畳んだ紙を取り出してひろげた。

「こいつは、伝蔵からもらってきたものなんですが……」

ふたりの女の人相書き、体の特徴、内股に彫った刺青の図柄などを書き記したものである。年齢は十八歳と十九歳、いずれもなかなかの美形だ。

「これだけの手掛かりがありゃ、すぐに身元がわかるはずなんですがね」

「………」

幻十郎は、腕組みをしたまま深沈と考え込んでいる。

「結局、この二人の女は身元不明のまま光明寺の無縁墓地に葬られたそうで」

空になった味噌汁の椀を膳において、鬼八はそう結んだ。

(なるほど、そういうことか……)

幻十郎は、はたとそのことに気づいた。鬼八がこんな朝はやく『風月庵』を訪ねてきた本当の目的は、この「事件」を幻十郎に伝えるためだったのである。

鬼八の本業は、張形《はりかた》などの女悦具《にょえつぐ》や、いかがわしい媚薬《びやく》などを商う『四つ目屋』(いまでいうポルノショップ)である。このところ巷《ちまた》に吹き荒れる不景気風のあおりを食って、『四つ目屋』の商いもはかばかしくないのだろう。この事件が「金になる」と踏んで幻十郎のもとに持ち込んできたに違いない。

「いっぺん探ってみるか」

幻十郎が水《やま》を向けると、鬼八は待ってましたとばかり眼を耀かせ、

「この事件の裏には、きっと何かありやすぜ」

といって、犬のように鼻をぴくつかせた。

幻十郎は改めてふたりの女の手配書に目を落とした。

「どうやらこの刺青が手がかりになりそうだな」

手配書に描かれているふたりの女の刺青の図柄は、「鋏《はさみ》をひらいた蟹」と「とぐろを巻いた蛇」の筋彫《すじぼ》り、つまり図柄の輪郭だけを彫った線画の刺青である。

筋彫りに色をつけたものを「ぼかし彫り」という。刺青の技術としては、この「ぼかし彫り」のほうが難しい。

一人前の彫師《ほりし》なら、仕上げに必ず「ぼかし彫り」をほどこすはずなのだが、それを省いて筋彫りだけにしたところにこの刺青の特徴があった。

「こいつは半端者の彫師が彫ったものに相違あるまい」

その彫師の正体を突きとめれば、ふたりの女の身元がわかると幻十郎は読んだ。

「わかりやした」

商売柄、鬼八は彫師にも何人か知り合いがいる。

「さっそく当たってみやしょう」

と腰を浮かす鬼八に、

「当座の費用と仕事料だ」

幻十郎は三両の金を手渡した。

うれしそうに金子《きんす》を押しいただいて、鬼八はひらりと出ていった。

「じゃ遠慮なく」

刺青は「彫り物」、あるいは「文身」ともいう。

ほかに「入れ黒子《ぼくろ》」と呼ばれる刺青もある。吉原の遊女が惚《ほ》れた男に操をたてるために、その男の名を腕に彫り込む「起請彫《きしようぼ》り」のことである。

刺青が急激に流行したのは文化文政期である。

俗に「倶利迦羅紋紋《くりからもんもん》」といわれる絵画的刺青が急激に流行したのは文化文政期である。

こうした風潮に対して、幕府は文化八年（一八一一）に次のような禁令を発布している。

「近年軽き者供、ほり物と唱《とな》へ、総身え種種之絵、亦《また》は文字等をほり、墨を入れ、或は色入れ等に致し候類有之由《これありよし》、右体の儀は風俗にも拘《かかわ》り（云々）」

刺青は公序良俗に反するとして厳しく禁止されたのだが、にもかかわらず一向に廃《すた》る気配はなかった。

幕府のいう「軽き者」とは、町のならず者や町火消しの鳶《とび》、定火消《じようび》しのガエン（火消し人足《け》）たちのことである。

彼らが好んで彫った刺青の図柄は、『水滸伝《すいこ》』に登場する史進《ししん》、魯智深《ろちしん》、武松《ぶしよう》、張順《ちようじゆん》など、剛毅《ごうき》勇猛な義侠《ぎきよう》の男たちの姿である。

中でも「史進」は、背中に九匹の龍の刺青があるところから「九紋龍史進《くもんりゆう》」の異名をとり、鳶やガエンたちに絶大な人気があった。

龍は水を呼ぶというので、火事場で仕事をする彼らには恰好《かっこう》の図柄だったのである。「九紋龍」のほかに龍を三匹彫った三紋龍もあれば、一匹龍もあった。このように鳶の刺青といえば、図柄のどこかに必ず「龍」が彫り込まれるのが相場であった。その「龍」の彫り物をもっとも得意としている彫師が、神田花房町の「彫宇《ほりう》」こと宇之助である。


「ごめんよ」

長屋の腰高障子を引きあけて、三和土に足を踏み入れると、奥の部屋から小柄な初老の男がうっそりと出てきた。

彫師の宇之助である。

「おや、鬼八さん、ひさしぶりだね。どうだい？　商いのほうは」

「さっぱりだね。宇之さんのほうはどうだい？」

「まあ、ぼちぼちといったところかね。上がんなよ、茶でも入れるから」

彫宇は、しわだらけの顔に笑みをきざんで、鬼八を部屋に招じ入れた。

部屋の中には、刺青の顔料の皿や針束、描き散らした下絵などが蕪雑《ぶざつ》に散乱している。

「お前さんにちょいと訊《き》きてえことがあるんだが……」

出がらしの茶をすすりながら、鬼八はふところから例の紙を取り出して広げ、ことの次第を説明した。

彫宇は小さな目を精一杯見ひらいて紙に描かれた刺青の図柄を凝視し、やがて、

「ぼかしは入っていなかったのかい？」

「筋彫りだけさ」

「ふーん」

刺青の図柄に目を落としたまま、彫宇は深く吐息をついて、苦々しくつぶやいた。

「なっちゃいねえな。まるでガキのいたずら書きだよ、この彫り物は」

「こころ当たりはねえかい？　これを彫った彫師に」

「ひょっとしたら……」

彫宇がゆっくり顔をあげた。

「捨松《すてまつ》かもしれねえな」

「捨松？」

鬼八がけげんそうに訊きかえす。

「二年ほど前に、どうしても彫師になりてえと、あっしんとこに修業に来た男なんだがね」

結局、長続きせず半年ほどで姿を消してしまったという。

「何をやらせても中途半端な男だった。毎日、ガキのいたずら書きみてえに、蛇だの蛙《かえる》だ

の蛸《たこ》だのって、妙なものばっかり描いていた。この図柄を見ると、やつの手筋にそっくりだね」

「そいつの居所はわからねえかい？」

「近頃は、浅草界隈《かいわい》で羽振りをきかせていると、風のうわさで聞いたが……」

確かなことはわからねえ、と首をふる彫宇に、

「いや、そこまでわかりゃ十分だ。あとはおれが調べる。忙しいところ邪魔しちまったな」

丁重に礼をいって、鬼八は退出した。

3

秋の陽差しは文字どおり「釣瓶《つるべ》落とし」である。

彫宇の家を出て浅草に着いたころには、すでに陽差しは西の空に傾き、浅草寺《せんそうじ》の門前にはちらほらと明かりが灯りはじめていた。

弁天山の鐘が鳴っている。

七ツ（午後四時）の鐘である。

鬼八は浅草寺の境内《けいだい》を通りぬけて、「奥山」に足を向けた。

観音堂裏手の奥山は、江戸でも屈指の盛り場である。昔は「奥山千本桜」といわれたほ

どの桜の名所であったが、文政初年にはほとんどが枯れてしまい、いまは桜の代わりに見世物小屋や料理屋、茶屋、楊弓場《ようきゅう》などが立ち並ぶ大歓楽街となっている。

人込みの中に、肩をいからせて歩いているやくざふうの男がいた。奥山を縄張りにしている地廻りらしい。

「兄さん」

鬼八が呼びとめると、男は剣呑《けんのん》な目つきでふり返った。

「ちょいと訊きてえことがあるんだが」

男の手に小粒をにぎらせた。

「何だい」

「捨松って男に心当たりはねえかい？」

「〝彫松《ほりまつ》〟のことか」

「え？」

「彫師のことだろ」

「ああ」

すぐに合点がいった。

どうやら捨松は『彫松』と名乗って一端《いっぱし》の彫師を気取っているらしい。いい金ヅルでもつかんだのか、近頃えらく金まわりがよく、上等の紬《つむぎ》などを着込んで、浅草界隈を闊歩《かっぽ》し

ている という。

「そいつの家《やさ》はわからねえかい？」

「たしか聖天町《しょうてんちょう》に住んでると聞いたが……、詳しいことはそこに行って聞いてくれ」

そっけなくいって、男は足早に立ち去った。

奥山から聖天町までは目と鼻の先である。

浅草寺の境内をぬけて東に足を向けると、前方に小高い丘が見えた。待乳山《まっちやま》である。

古くは「亦土山」「真土山」とも書かれ、大川（隅田川）からの入り船の目じるしになっていたほど大きな松山だったが、日本堤を築くために山の土が削られて、以前より低くなったといわれている。

その丘の麓《ふもと》に聖天町はあった。町名は待乳山に祀《まつ》られた聖天宮にちなんだものである。


捨松の住まいを探し当てるのに、そう時間はかからなかった。

聖天町の北はずれに、北新町とよばれる小路がある。小路の奥まったところに、「たぬき長屋」と称する裏店《うらだな》があった。

薄闇がただよい、軒端のあちこちから炊《かし》ぎの煙が立ちのぼっている。捨松の住まいは長屋のいちばん奥にあった。戸口に『彫松』の木札がぶら下がっている。

「捨松さん」

油障子越しに声をかけると、

「誰だい？」

中から低い男の声が返ってきた。

「両国『四つ目屋』の鬼八って者だが……」

がらりと油障子がひらいて、三十二、三の髭《ひげ》づらの男が顔を出し、

「おれに何の用だい？」

うろんな目で鬼八を見た。明らかに警戒の目である。

「この彫物のことで、ちょいと訊きてえことがあるんだが」

ふところから例の紙を取り出して広げたとたん、捨松の顔色が変わった。

「こいつは、おめえさんが彫ったものじゃねえのかい？」

「し、知らねえ！」

叫ぶやいなや、いきなり鬼八の体を突き飛ばして脱兎《だつと》のごとく逃げ出した。

「お、おい。待ちねえ！」

鬼八が猛然と追う。

北新町の小路を走りぬけ、千住《せんじゅ》街道（奥州街道）を左に折れると、捨松は一目散に南に向かって走った。五、六間はなれて、鬼八が必死に追走する。

花川戸《はなかわど》の辻角にさしかかったところで、忽然《こつぜん》と捨松の姿が消えた。

思わず足をとめて四辺を見回した。

右は雷門前の広小路、左へ行けば吾妻《あづま》橋である。ひっきりなしに行き交う人波。その人波と夕闇が捨松の姿を呑《の》みこんでいた。

（畜生……）

くやしそうに歯がみしながら、鬼八はゆっくり踵《きびす》を返した。


「だいぶ冷え込んできましたねえ」

女が炭櫃《すびつ》の炭を火鉢についでいる。

志乃である。

かたわらで幻十郎が酒を呑んでいる。

両国の鬼八の店を訪ねるつもりで人形町通りを歩いていたところ、買い物帰りの志乃と偶然行き会い、「相談がある」といわれて堀留町の志乃の家に立ち寄ったのである。

「お酒、もう一本つけましょうか？」

志乃がふり向いた。

「いや、まだいい……、それより、おれに相談というのは？」

「じつは——」

幻十郎の杯に酒をつぎながら、

「家主さんの娘さんのことで、ちょっと」

志乃が遠慮がちに話を切り出した。

志乃が住んでいるこの家は、堀留でも一、二といわれる老舗《しにせ》の質屋『井筒屋』の離れである。以前は下働きの奉公人が住んでいたのだろう。六畳と四畳半の二間に三坪ほどの勝手がついた小ぢんまりとした家だが、手入れが行き届いているせいか、住み心地は悪くなかった。

家主は『井筒屋』のあるじ伊兵衛である。歳は四十七。三つ年下の女房・お兼《かね》とふたり暮らしである。夫婦ともに温和な人柄で、何くれとなく志乃の面倒をよく見てくれた。

夫婦には、今年十九になるひとり娘がいた。娘の名は加代。三年ほど前に行儀見習いのために、知己をたよってさる旗本の家に屋敷奉公に出したという。

「その娘がどうかしたのか?」

幻十郎が訊く。

志乃はふっとため息をついて、

「お屋敷奉公に出した先が二百石取りの御同朋頭《ごどうぼうがしら》でしてね」

江戸幕府直属の家臣には、旗本と御家人の二種の区別がある。将軍に拝謁《はいえつ》できる身分、すなわち「御目見《おめみえ》」以上が旗本であり、以下が御家人とされていた。石高でいえば二百石以上が旗本で、以下が御家人である。

『井筒屋』の娘が屋敷奉公に上がった先は二百石取りの御同朋頭、つまり御目見ぎりぎりの最下級の旗本である。

どうやら『井筒屋』夫婦にとっては、それが不満らしい。

「親の欲目というか……、どうせ奉公に出すなら、もっと身分の高いお屋敷に出したいって」

志乃が苦笑まじりに語をついだ。

欲目というより、『井筒屋』夫婦の見栄であろう。

武家の屋敷に行儀見習いに出すのは、現代にたとえれば、娘を有名女子大に通わせるようなもので、奉公先の石高や家柄、格式が高ければ高いほど、親の虚栄心が満たされるのである。

「できるものなら、今のお屋敷奉公をやめさせて、御殿勤《ごてんづと》めをさせたいと……」

「御殿勤め？」

「町屋の娘さんたちの憧《あこが》れですからねえ。お城勤めは」

この時代の市井《しせい》の娘たちの「夢」は、奥女中として江戸城大奥に奉公にあがり、武家の作法や行儀嗜《たしな》みを身につけて良縁を得ることであった。

あわよくば将軍の目にとまって出世したいという、女ならではの「欲」もあった。将軍の寵愛《ちょうあい》を受けて御中臈《おちゅうろう》にでもなれば、本人はもとより、一族郎党の栄耀《えいよう》栄華が約束されるからである。

『井筒屋』夫婦にかぎらず、年頃の娘を持つ富裕な商人たちにとって、娘を「御殿奉公」に出すことは、まさに見栄と欲とを同時に満たしてくれる「夢」だったのである。

そんな世相を反映してか、御殿女中のサクセスストーリーを描いた双六《すごろく》『出世娘栄寿古《すご》録《ろく》』が上流の町人たちの間で大流行したり、また次のような怪しげな護符を売り歩く旅の行者も現れた。

大師陀於長魔
阿迦羅於尼公
奉・祈念　恵天守護之攸
南楽山　平朗寺

娘の「御殿奉公」がかならず叶《かな》う、霊験あらたかな護符——という触れ込みなのだが、どう見てもこれはうさん臭い。

第一、「南楽山・平朗寺」などという寺は、どこを探しても実在しないのだ。少々知恵の働く者なら、この護符がインチキであることはすぐに見抜ける。

種明かしをしよう。

この護符に書かれた四行の文字を逆さに読むと、「寺朗平山、楽南攸之護守天恵、念祈奉公尼、於羅迦阿魔長於、陀師大」となる。

つまり「じろべえさん、楽なところの御守殿へ、年季奉公に、おらが娘《あま》っちょを出したい」となるのである。

「御守殿」とは、本来大名の妻になった将軍の娘のことをいうのだが、世間では「御殿奉公」と「御守殿」とを同義語として使っていたのである。

ともあれ、「鰯《いわし》の頭も信心から」のたとえ通り、こんな怪しげな護符でさえ飛ぶように売れたというのだから、年頃の娘を持つ上流町人たちの「御殿奉公」への憧憬《どうけい》がいかに深かったか理解できよう。

ご多分にもれず、『井筒屋』の神棚にもこの護符が祀《まつ》ってあるという。

「それほどまでに娘を城にあげたいか」

幻十郎がふっと苦笑を泛《う》かべた。

「井筒屋さんも人の親ですから。もしツテがあったらぜひ紹介してもらいたいって……、顔を合わせるたびに頼まれるんですよ」

志乃が、もと南町奉行所の隠密同心の妻だったことを『井筒屋』夫婦は知っている。それで、「あなたなら、お奉行所やお旗本にもお知り合いが沢山おられるでしょうから」とせがまれたのである。

「むげに断るわけにもいきませんしね」

困惑げに志乃が目を伏せた。

「わかった。孫兵衛どのに話してみよう」

「そうしていただければ助かります」

「じゃ、おれはそろそろ……」

杯に残った酒を呑みほして、膝元の刀を引きよせると、

「もうお帰りになるんですか」

志乃がしどけなく背中にもたれかかった。

「鬼八に用があるんだ」

「急ぎの用事？」

「いや、べつに……」

「今夜は泊まっていってくださいな」

鼻にかかった甘い声でそういうと、幻十郎の首に手を回して狂おしげに頬ずりをした。

熱い吐息が幻十郎のうなじをくすぐる。

4

「志乃——」

　ふり返って志乃の顔を見た。

　切れ長な眼がうるんでいる。形のよい唇が露をふくんだ花びらのように、濡《ぬ》れて艶やかに光っている。

　幻十郎は、首にからみついた志乃の腕をそっとふりほどくと、腰に手をまわして静かに畳の上に横たわらせた。

　ぱちっ。火鉢の炭がはぜる。

　衣《きぬ》ずれの音。

　行燈《あんどん》のほの暗い明かりの中に、志乃の白い裸身が浮かびあがった。

　一糸まとわぬ全裸である。

　白磁のように肌理《きめ》こまかな肌。股間に黒々と茂る秘毛。妖《あや》しいまでに美しい裸身だ。

　幻十郎は、仰臥《ぎょうが》した志乃の体におおいかぶさり、乳房をわしづかみにして乳首を吸った。

　志乃が上体をのけぞらせてあえぐ。あえぎながら一方の手を下腹にのばし、もどかしげに幻十郎の下帯を解く。

しなやかな志乃の指の中に、熱く怒張した一物があった。

「欲しい……」

志乃がうわずった声で口走る。

幻十郎の手が志乃の下腹にのびる。股の付け根に絹のような手ざわりの茂みがある。指先でその茂みをかき分けて、やさしく恥丘を撫《な》でおろす。

「あっ、ああ……」

志乃の口から喜悦の声がもれる。秘所がほどよく濡れている。幻十郎の屹立《きつりつ》した一物がゆっくり没入してゆく。中は柔らかくて、熱い。肉ひだが肉根を包みこむように波打っている。

志乃は両脚を幻十郎の下肢にからめて、激しく腰をふる。

「ずっと……、ずっと、このままで——」

志乃がうわ言のようにつぶやく。

刹那《せつな》の愛欲——重く暗い過去を引きずりながら、明日という日のない闇の時空を彷徨《ほうこう》する男と女の、それが束の間の「生」の証《あかし》であった。

志乃は、幻十郎の妻・織絵を犯して死に追いやった男の妻女であり、幻十郎は志乃の良人《おっと》を斬殺した男である。つまり互いが加害者であり、同時に被害者でもあった。

本来、結ばれるはずのない、いや結ばれてはならない男と女が、忘我の底でむさぼるように肌を合わせている——まさに運命の皮肉、神の悪戯《いたずら》としか言いようがなかった。

「あ、ああっ！」

志乃が悲鳴のような声を発した。

頂点に達したのである。

同時に幻十郎も放出した。


かあーん、かあーん。

張りつめた朝の冷気の中で、鹿威《ししおど》しの乾いた音がひびいている。

伊勢桑名十一万石、松平越中守の築地《つきじ》の下屋敷の中庭である。

雲ひとつない紺碧《こんぺき》の空。

燃えるような紅葉。

秋一色に塗りこめられた庭園の小径を、白髪の小柄な老武士が枯れ葉をふみしめながら、物静かに散策している。

三十余年前、老中首座として幕閣の頂点に君臨し、世にいう「寛政の改革」を断行した元白河藩主・松平定信である。

定信、六十七歳。

かつての峻厳《しゅんげん》な面影はもはやなく、臈《ろう》たけたひとりの老人にすぎなかった。

現在は、嫡男・定永《さだなが》に家督をゆずり、築地の下屋敷の一角に『浴恩園』なる隠居屋敷を構えて、みずからを『楽翁』と号し、書を読み、和歌を詠じる風雅な日々を送っていた。

楽翁の「楽」の字は、

天地の春の心を身にしめて
楽しむみちをいつかしらなむ

自詠の歌にちなんで「楽しむ翁」と号したと、みずからが『楽亭壁書』に記している。

一方で『花月草紙』には、

「哀楽喜怒の四つも、みな楽の哀、楽の怒にて、いわば秋は春の蕭殺《しょうさつ》、冬は春の閉蔵《へいぞう》なり、というに同じ」

とも記している。

すなわち、秋は春が枯死した季節であり、冬は春が閉ざされた季節である。それと同じように、「楽」のなかにも「哀しみ」が蕭殺され、「怒り」が閉蔵されていると説いているのである。

楽翁のいう「哀しみ」とは、志なかばにして政権の座を追われたおのれの身の上に対する悲哀であり、「怒り」とは、政敵・一橋治済《はるさだ》とその傀儡《かいらい》である十一代将軍家斉《いえなり》、そしてそれを支える老中首座・水野忠成《ただあきら》たちへの怒りにほかならなかった。

昨年の春、処刑寸前の幻十郎（神山源十郎）を死の淵から引き上げ、「冥府の刺客」としてひそかに闇に放ったのも、権力の座を追われて徒手空拳《くうけん》の身となった楽翁の、現政権へ向けた怒りと憎悪の一矢だったのである。

「殿……」

背後で嗄《しゃが》れた声がした。

楽翁は足をとめてゆっくりふり返った。

半白頭の大柄な初老の侍が小走りにやってくる。白河藩主時代から楽翁のそばに影のように近侍してきた股肱《ここう》の臣・市田孫兵衛である。

「淡路守《あわじのかみ》さまがお見えになられましたが」

「そうか。茶室にお通ししなさい」

「はっ」

一礼し、孫兵衛はあたふたと走り去った。

淡路守とは、一昨年、心の臓の病で急死した父親の跡をつぎ、弱冠三十二歳で寺社奉行の要職についた気鋭の青年大名・脇坂淡路守安董のことである。

十一代将軍・家斉と老中首座・水野忠成らによる腐敗堕落の政権にあって、唯一、高潔清廉な人物と評されていたのが、この脇坂淡路守であった。

若年ながら——というより、だからこその廉直さというべきか、淡路守の歯に衣《きぬ》を着せぬ言動は、しばしば周囲の反発を招き、頑迷固陋《ころう》な閣老たちの不興を買っていた。

（わしの若いころにそっくりじゃ）

淡路守に会うたびに、楽翁はつくづくそう思う。

一方、淡路守も楽翁＝松平定信の過去の業績とその人柄に心服し、折りあるごとに『浴恩園』を訪ねてきては、世間話や政治談義に花を咲かせていた。

『浴恩園』の南隅に、楽翁自慢の数寄屋造りの茶亭がある。

孫兵衛の知るかぎり、この茶亭に客を招いたことは一度もなかった。唯一の例外が脇坂淡路守である。

「ようおいで下さった。まずは一服」

楽翁があざやかな茶筅《ちゃせん》さばきで茶を点じて差し出す。

「ちょうだい仕《つかまつ》ります」

折り目正しく礼をいって、淡路守は作法通りに茶を飲んだ。

目元の涼しげな白皙《はくせき》の青年である。挙措、物腰も凛然《りんぜん》としている。

「結構なお点前にございます」

飲みおえた天目《てんもく》茶碗を静かに膝元において、淡路守が深々と低頭した。

「ところで……」

楽翁がおだやかな笑みを泛かべて、

「ちかごろ柳営内の様子はいかがかな」

「相も変わらず上から下まで箍《たが》がゆるみ切っております」

淡路守がずばりそういうと、楽翁はくくっと喉《のど》を鳴らして、さも愉快そうに笑った。

誰はばかることなく、ずけずけと辛辣《しんらつ》な言葉を吐くところが、いかにもこの青年らしい。

「とりわけ、大奥の綱紀紊乱《ぶんらん》は目にあまるものがございます」

「困ったものじゃのう」

楽翁の顔から笑みが消えた。

「大奥が乱れれば、表向きの政事が乱れ、ひいては世が乱れる。大奥こそが諸悪の根源じゃ」

江戸城には二つの権力があるといわれている。

ひとつは表（政務の場）の政治権力であり、もうひとつは大奥の権力である。

俗に「美女三千人」といわれる世界最大のハーレム・大奥には、将軍の正室である御台《みだい》所《どころ》をはじめ、将軍の愛妾《あいしょう》である側室、そして彼女たちの身のまわりの世話をする、おびただしい数の奥女中たちが住んでいる。

将軍以外の男は一歩も立ち入りのできない男子禁制の「女護《にょご》ケ島《しま》」である。

5

歴代将軍の中でも、十一代将軍・家斉は、まれに見る漁色家で、側女《そばめ》を四十人も持ち、十六人の愛妾に五十五人の子を生ませたという。

洋の東西を問わず、子を生《な》した女は強い。ましてや、それが将軍の子となれば、母となった女たちの権力は絶大である。「お腹さま」と呼ばれる彼女たちは、幕閣の人事や幕政の諸政策にも容喙《ようかい》し、老中をしのぐ権勢を誇っていた。

こうした弊風《へいふう》を改めようと、過去に何度か大奥改革が行われたが、奥女中たちの猛反発にあい、成功した例は一度もなかった。楽翁の祖父・八代将軍吉宗もしかりである。

楽翁自身も老中首座時代、大奥改革に着手したが、ものの見事に失敗している。

このときの大奥の権力者は、大崎という御年寄であった。

「そなたとわらわは御同役ゆえ、奥向きのことは一つよしなに――」

就任早々、大奥に挨拶《あいさつ》に出向いた定信（楽翁）に、大崎は痛烈な先制パンチを見舞った。

つまり老中首座と大奥御年寄は同格であると言いはなったのである。

定信はこの発言に激怒した。

「御同役とは何事か！　大奥に老中職はござらん！」

「老中とは申しておらぬ。わらわは大奥の御年寄、そなたは御表の老中、あくまでもご同役と申しておるのじゃ」

大崎も負けてはいなかった。

これが引き金となって、定信と大奥との間に激しい対立が生じた。

結局、この勝負は大崎が御年寄の職を辞して、決着がついた——かに見えたが、職を辞したあとも、大崎と大奥女中団による「定信、追い落とし」の執拗かつ陰湿な裏工作がつづき、七年後の寛政五年（一七九三）、旧田沼派と大崎ひきいる大奥勢力の大連合によって、定信は突然の解任に追いやられたのである。

「そのときのいきさつは、父から聞いて知っております」

淡路守が同情するような口調でいった。

「わしの力がおよばなかったのじゃ」

「残念ながら」

淡路守が苦々しげにいう。

「大奥の現状は、当時といささかも変わってはおりませぬ」

「だろうな。大奥の専横をゆるしているのは上様じゃ。若いころから閨事《ねやごと》にはお盛んなお方であったが、それにしても十六人もの女中にお手をつけられるとは、いやはや……」

呆《あき》れたものだと、楽翁は深く嘆息した。

「そのひとりにお美津の方と申す中臈がおりまして、近頃、飛ぶ鳥を落とすほどの権勢をふるっているとの由」

「ほう、それは初耳じゃ。で……その女の出自は？」

「中野播磨守《はりまのかみ》どのの息女と聞きおよびましたが――」

中野播磨守正武《まさたけ》は、娘のお美津が将軍のお手付き中臈となったために、御小姓組二百石から御本丸御小納戸頭に昇進し、昨年（文政六年）十二月には五百石の加増をうけ、新御番頭二千石の旗本となった。

娘のおかげで父親までが異例の出世をとげた、典型的な例である。

「何しろ、お美津の方と申す中臈は、この節、上様がもっともご執心の奥女中でございまして――」

お美津の方は、それを笠に着て放埒三昧《ほうらつざんまい》にふるまっているという。

「三日にあげず、供の女中を引き連れて市中にくり出し、芝居見物やら飲食やら、勝手放題に遊び歩いているとのうわさにございます」

奥女中たちが公用を口実に外出するのは、よくあることである。だが、市中での観劇、飲食、買い物などの遊興は固く禁じられていた。

それに違反して厳罰に処せられた例も過去にいくつかある。有名な「絵島生島《えじまいくしま》事件」もその一例である。

「目付衆はそれを黙認しておるのか」

「大方、鼻薬でも利かされているのでございましょう」

「なるほど……、目付といえば、若年寄・田沼玄蕃頭《げんばのかみ》の支配下だからのう」

田沼玄蕃頭意正《おきまさ》は、楽翁（定信）のかつての宿敵で、賄賂《わいろ》政治の権化といわれた田沼意《おき》次《つぐ》（すでに他界している）の四男である。

「じつは、その田沼さまから昨日、厄介なご相談を受けまして」

お美津の方の実家・中野家の菩提寺《ぼだいじ》『智龍院《ちりゅういん》』を、将軍家の御祈禱《きとう》所取り扱いにしてもらえないか、と田沼が打診してきたのだ。

「将軍家の祈禱所に？」

「ご承知のように上様はお若いころからの頭痛持ち。お美津の方や奥女中たちが智龍院で加持祈禱をしてくると、たちまち上様の頭痛がおさまるそうでございます。それゆえ、ぜひにも智龍院を将軍家御祈禱所取り扱いにしたいと――」

将軍家祈禱所に認定されれば、将軍から智龍院に朱印状が発給され、知行地が与えられる。これを「朱印地」といった。

旗本の知行地同様、寺社が領地として知行する「朱印地」には租税徴収権や行政裁判権などの公法的支配権が行使できるのである。

「で、そこもとは何とお応えなすった？」

「私の一存では決めかねる問題ゆえ、しばらくのご猶予《ゆうよ》をいただきたいと」

「ふむ」

楽翁の目がきらりと光った。

――この話、何やら裏がありそうだ。


その日の夕刻。

『風月庵』にふらりと市田孫兵衛が姿をあらわした。半月ぶりの来訪である。

「おひさしぶりです。孫兵衛どの」

幻十郎が迎え出ると、

「散歩の途中に立ち寄った。変わりはないか」

「はい、どうぞ中へ」

囲炉裏端へ案内した。歌次郎がすかさず茶を運んでくる。

「じつは……、孫兵衛どのにお願いの儀がございまして、いつお見えになるかと心待ちにしていたところです」

茶をすすりながら、幻十郎が改まった口調でそういうと、

「金か？」

孫兵衛が探るような目で訊いた。

「いえ……、知り合いの商人から娘を御殿奉公に出したいと相談を持ちかけられまして——」

「御殿奉公？」

「はい。何かいいツテはないかと」

「やめとけ、やめとけ」

　顔をしかめて孫兵衛が手をふった。

「町人の娘が大奥なんぞに上がったら、ろくなことにはならん。それより、さっさと嫁にいったほうが仕合わせだと、そう伝えておけ」

「しかし……」

「大奥ってところは、町民どもが考えているようなきらびやかな世界ではない。百鬼夜行の伏魔殿なのじゃ。じつは——」

　と眉間《みけん》に縦じわをきざみ、

「その大奥のことでわしからも頼みがある」

　孫兵衛が飲みかけの茶碗をおいて、幻十郎の顔を見すえた。

「牛込七軒寺町の『智龍院』と申す寺を探ってもらえぬか」

「寺を？」

「ちかごろ大奥で羽振りをきかせておる『お美津の方』の実家の菩提寺だそうじゃ」

「その寺が何か？」

「うむ……、『智龍院』を将軍家の祈禱所取り扱いにしたいと、若年寄の田沼意正《おきまさ》どのから寺社奉行・脇坂淡路守どのに申し入れがあったそうじゃ」

「ほう――」

「田沼どのが一枚嚙《か》んでいるとなると、この話には裏がある、必ず何かあると楽翁さまは読んでおられる」

「なるほど」

「中臈お美津の方と父親の中野播磨守、そして中野家の菩提寺『智龍院』の住職・天海《てんかい》……。この三人がどう関わり、何を企んでおるのか、それを探ってもらいたい」

といって、孫兵衛はふところから袱紗《ふくさ》包みを取り出した。中身は金子十両。

「これは前金じゃ。とっておけ」

袱紗包みを無造作に幻十郎の膝元に突き出し、

「ところで……」

と、急に声をひそめて、孫兵衛はあたりを見回した。歌次郎の姿はない。厨《くりや》のほうから流しの水音が聞こえてくる。夕餉の支度をしているらしい。

「あの女子《おなご》はどうした？」

「は？」

「いつぞやの志乃と申す女じゃ。たまにはここへ来るのか」

「はあ、たまには……」

幻十郎は志乃の素性をまだ打ち明けていなかった。

孫兵衛は一年半前の「あの事件」の子細を知っている。志乃が吉見伝四郎の妻だった女だと知ったら、たぶん孫兵衛は仰天するだろう。

――あえて打ち明けることもあるまい。

そう思って志乃の過去に触れなかったのである。

「幻十郎、おぬしは一度この世から消えた死人だ。死びとに妻や子を持つことは許されぬ……、女を抱くのはかまわんが、惚《ほ》れてはならんぞ。女に情をうつしたら、この仕事はつとまらん。よいな、適当にやっておくんだぞ、適当に――」

くどいほど念を押して、孫兵衛は大儀そうに腰をあげた。

「お帰りでございますか」

歌次郎が勝手から飛んできた。

「いや、送らんでもよい」

と手をふって、孫兵衛は出ていった。

それを見送りながら、幻十郎はぼそりといった。

「歌次、おめえに頼みがある」

第二章　深川七場所

1

大奥女中の職制は、最上位の「上臈年寄《じょうろう》」から、最下級の「御半下《おはした》」まで、およそ二十九の階層に分かれている。

「御中臈」は上から三番目の席次で、御切米《きりまい》十二石、御合力金《こうりょくきん》四十両、四人扶持《ぶち》という身分である。

同じ御中臈でも、御台所（将軍の正室）付きの「お清《きよ》」（汚れていない御中臈の意）と、将軍の夜の相手をする「お手付き」とでは、その権勢において雲泥の差があった。

お美津の方は後者である。

歳は十九、色白のうりざね顔、大きな瞳、煽情的《せんじょうてき》な唇、歳に似合わぬ豊満な体——希《き》代《たい》の好色将軍・家斉の寵愛《ちょうあい》を一身に受け、いまや権勢ならぶ者なき「お手付き御中臈」

として大奥に君臨していた。

その日の未《ひつじ》の下刻（午後三時）。

将軍家斉の頭痛平癒祈願を口実に、供の女中五人を引き連れて、江戸城平河門を出たお美津の方は、その足でまっすぐ日本橋葺屋町《ふきやちょう》にむかった。

葺屋町には歌舞伎芝居の市村座、人形芝居の結城座があり、隣接する堺町には中村座がある。この二町は俚俗《りぞく》に「二丁町」とよばれ、江戸随一の芝居町としてにぎわっていた。

いうまでもなく、お美津の方の目的は芝居見物である。

一行は、市村座の特別桟敷で一刻半（三時間）ほど芝居見物を楽しんだあと、近くの芝居茶屋『卯之家』の二階座敷に席を移した。

芝居茶屋は、観劇客のために各種の便宜を供する施設で、ひいきの上客に番付を配って座席を予約したり、弁当の世話をしたり、幕間《まくあい》には茶屋の座敷を休憩所として提供し、芝居がおわったあとは宴席ともなった。

明和年間の記録によると、市村座の周辺には表茶屋とよばれる大茶屋が十軒、裏茶屋とよばれる小茶屋が十五軒、中村座には大茶屋が十六軒、小茶屋が十五軒あったという。

お美津の方と供の奥女中たちは、『卯之家』で休憩をとったあと、裏口に待たせてあった駕籠《かご》に乗り込んでひっそりと葺屋町をあとにした。

時刻は五ツ（午後八時）を回っていた。

表は漆黒の闇《やみ》である。

お美津の方の一行が『卯之家』を出たときから、民家の軒下や路地の物陰、路傍の木陰など、闇から闇へすばやく身を移しながら跟《つ》けてくる遊び人ふうの男がいた。

百化けの歌次郎である。

この日、歌次郎は、お美津の方の一行が江戸城の平河門を出て葺屋町に向かい、市村座で芝居見物をして『卯之家』に席を移すまでのおよそ二刻半（五時間）、片時も離れずその動きを見張っていたのである。

お美津の方の一行は、神田川沿いの道をひたすら西に向かって進んでいく。

筋違御門《すじかいごもん》から昌平橋《しょうへいばし》を経由して、やがて小石川御門にさしかかる。

と、一行の行く手に、忽然《こつぜん》として五つの白い影がわき立った。黒影ではなく、夜目にもあざやかな〝白い影〟である。

先頭をゆくお美津の方の駕籠が止まった。

供の奥女中たちが不審げに闇に目をこらす。

〝白い影〟と見えたのは、白麻の鈴懸《すずかけ》に白の手甲脚絆《てっこうきゃはん》をつけた屈強の男たちであった。手に手に金剛杖《こんごうづえ》や錫杖《しゃくじょう》を持っている。

山伏の一団である。

「お迎えに上がりました」

大兵《だいひょう》の山伏が低くいって頭を下げた。

「一ノ坊か？」

駕籠の中からお美津の方の声がした。

「はっ」

「ご苦労じゃ」

「では」

〝一ノ坊〟と呼ばれた大兵の山伏が、駕籠を先導してゆっくり歩を踏み出すと、四人の山伏がさっと二手に分かれ、一行の左右を警護するように歩き出した。

（なんだ、あいつら……？）

物陰に身をひそめて、不審げに見ていた歌次郎が、小首をかしげつつ、ふたたび一行を跟けはじめた。

五人の山伏に警護されたお美津の方の一行は、牛込御門の前を右に折れ、神楽坂を登って矢来下《やらいした》へと歩をすすめてゆく。

このあたりは御先手組の組屋敷や旗本屋敷がひしめく武家地である。

やがて一行は弁天町を左に折れた。

牛込七軒寺町である。

道の東側は根来《ねごろ》百人組の組屋敷、西側にはその名が示すとおり、七軒の寺が並んでいる。寛永十二年（一六三五）、牛込御門外の濠端《ほりばた》にあった七カ寺が御用地に召し上げられ、この地に移されてから「七軒寺町」と呼ばれるようになった。

お美津の方の一行は、寺町通りの突き当たりの、とある寺の中に入っていった。

山門の扁額《へんがく》に『日栄山・智龍院』とある。

（あれが智龍院か……）

歌次郎は寺の向かい側の路地角に身をひそめて、山門の中の様子をうかがった。

門内には煌々《こうこう》とかがり火が焚《た》かれ、数人の山伏や浪人たちが境内の警備にあたっている。

異常なまでの厳重な警備である。

歌次郎は裏門に回ってみた。

そこにも警衛の浪人が数人立っていた。

寺領地は高い土塀でかこまれ、あちこちに巡回警備の龕燈《がんどう》の明かりが揺らいでいる。

しばらく侵入口を探してみたが、文字どおり「蟻《あり》の這《は》い入る隙《すき》もない」厳戒態勢である。

（仕方がねえ……）

潜入をあきらめて、歌次郎は踵《きびす》を返した。

『智龍院』の方丈の一室。

襖《ふすま》は金泥《きんでい》の絵襖、畳は繧繝縁《うんげんべり》の備後表《びんごおもて》、黒漆塗りの火燈窓《かとうまど》――すみずみにまで贅《ぜい》をこらした壮麗な造りの部屋である。

お美津の方と五人の奥女中の前には、豪華な酒肴《しゅこう》の膳部《ぜんぶ》がならんでいる。

上座にふたりの男が居並んで座っている。ひとりは『智龍院』の住職・天海《てんかい》である。歳のころは四十六、七。剃髪《ていはつ》はしていない。肩まで伸びた総髪、広い額、眉が薄く、両眼が狐のように細く吊り上がった、狷介《けんかい》な感じの男である。

もう一人は五十がらみの恰幅《かっぷく》のよい武士――お美津の方の父親・新御番頭二千石、中野播磨守正武である。

「何のおもてなしもできませぬが、心ゆくまでおくつろぎ下され」

天海が慇懃《いんぎん》な笑みを泛かべながら、

「まずは酒など……」

と奥女中たちに酒をついで回る。

男子禁制の大奥で、息の詰まるような堅苦しい日々を送っている奥女中たちにとって、『智龍院』への参詣《さんけい》は、唯一の楽しみであり、束の間の息抜きでもあった。

酒を酌みかわし、豪華な料理に舌鼓を打ち、四万山《よもやま》話に花を咲かせて……、ひとしきり宴が盛り上がったところへ、

「ご祈禱《きとう》の支度がととのいました」

若い僧が告げにきた。

「では」

天海がおもむろに腰をあげ、

「上様のご病気ご平癒の祈願を――」

とうながす。

それを待ちかねていたように、奥女中たちがそわそわと立ち上がった。

「存分に楽しんでくるがよい」

お美津の方の意味ありげな言葉に送られて、奥女中たちは足早に部屋を出ていった。

「ところで、お美津……」

播磨守が杯の酒を舐《な》めながら、じろりとお美津の方の顔を見た。実の父親とは思えぬ魁《かい》偉《い》な相貌《そうぼう》である。

「例の件はどうなった？」

「一昨日、田沼どのが寺社奉行・脇坂淡路守に、その旨申し入れたそうです」

「そうか」

『智龍院』を将軍家の祈禱所にしたい、とお美津の方に持ちかけたのは、中野播磨守と住職の天海である。

それを受けて、お美津の方が若年寄の田沼意正に働きかけたのである。

「寺社奉行の脇坂淡路守は、若年ながら頑固一徹の男と聞く。若年寄・田沼どのからの申し入れとはいえ、そうやすやすと聞き入れてくれるものかどうか……」

「ご心配にはおよびませぬ」

お美津の方が自信ありげに微笑《わら》って、

「田沼どのが駄目なら、ご老中・水野出羽守どのにお願いしてみましょう」

「うむ」

播磨守が満足そうにうなずく。

「出羽守どのが動いてくれれば話が早い。お美津、よしなに頼んだぞ」

「いまの私に叶わぬことはございませぬ」

といって、お美津の方は声をあげてからからと笑った。十九歳とは思えぬ、不敵で驕《きょう》慢《まん》な笑顔である。

2

一方、本堂裏手の護摩《ごま》堂では——。

五人の奥女中たちが肌の透けるような白衣の修行着をまとい、神妙な顔で板敷きに端座していた。

護摩壇の前では、燃えさかる炎の中に護摩木をくべながら、天海が低いだみ声で慈救呪《じくじゅ》を唱えている。

ナマク　サマンダバサナラン
センダマカロシヤナ　ソワタヤ
ウン　タラタ　カンマン

この呪文は、

「普《あまね》く一切の金剛、とくに猛威大忿怒の相を現じて、破壊と恐怖と堅固の徳を備え給う不動明王に帰命し奉る」

という意である。

護摩壇の炎が妖《あや》しく揺れる。

禍々《まがまが》しい抑揚をつけて、天海が無心に慈救呪を唱えつづける。

一種の催眠効果であろうか、しばらくすると、五人の奥女中たちは何かに取り憑《つ》かれたように、激しく上体を揺らして嗚咽《おえつ》をもらしはじめた。

「ナマク、サマンダバサナラン、センダマカロシヤナ……」

慈救呪の声がしだいに高まる。

その声に突き動かされるように、五人の女たちは髪をふり乱し、甲高い叫声を発しながら、板敷きに体を投げ出した。

自己の罪障を懺悔《さんげ》するための五体投地の三礼《さんらい》である。

と、突然――、
護摩壇の陰から、五つの影がうっそりと歩み出た。下帯ひとつの裸身の男たちである。

いずれも赤銅《しゃくどう》色の肌、筋骨隆々たる体軀《たいく》、胸から腹にかけて剛毛が密生し、けだもののように猛々《たけだけ》しい。

先刻の山伏たちである。

とたんに五人の女たちの表情が一変した。盛りのついた雌猫のように眼がぎらぎらと炯《ひか》っている。

「どうかお恵みを！」

「法悦をお授けくださいまし！」

口々に叫びながら、女たちは先を争って山伏たちの裸身にすがりついた。下帯の中から男の一物をつかみ出す女もいる。

「ナマク、サマンダバサナラン、セン」

ひとりが不動一字呪を唱えて印を結ぶや、いきなり女を抱えあげて堂の奥へ連れ去った。

〝一ノ坊〟と呼ばれた大兵の山伏である。

同時に、四人の男たちもそれぞれ女を抱えあげて堂の隅に立ち去った。

「ナマク、サマンダバサナラン、センダマカロシヤナ……」

天海の慈救呪の声が陰々とひびく。

護摩壇の炎が揺らめく。

「あ、ああ……」

堂内のあちこちで喜悦の声がわき上がる。

白衣を脱ぎ捨てて全裸になった女たちが、あられもない姿で男たちと媾合《まぐわ》っている。

〝一ノ坊〟が女を四つん這《ば》いにさせて、犬のように後ろから責めている。

かたわらで、小肥りの男が女を膝抱きにして下から突き上げている。

女の両脚を肩にのせて激しく腰を律動させているものもいれば、いきり立った一物を女の口に押し込んでいるものもいる。

「ナマク、サマンダバサナラン、センダマカロシヤナ……」

天海の慈救呪の声がさらに高まる。

「あっ、ああ！」

「法悦を！　法悦を！」

「お、お願いでございます！」

「もっと強く……、もっと深く！」

快楽をむさぼる女たちの歓喜の声。

燃えさかる護摩壇の炎。

淫靡《いんび》な性の饗宴《きょうえん》は果てしなくつづく……。


二日後の昼下がり――。

この日も雲ひとつない秋晴れである。

牡蠣殻町の真っ赤に紅葉した雑木林から、一条の煙が立ちのぼっている。

『風月庵』の囲炉裏の煙である。

屋内の板間では、幻十郎と歌次郎が囲炉裏の前で茶を飲んでいた。

「智龍院の近辺を聞き込みに歩いてみたんですがね。意外なことがわかりやしたよ」

歌次郎が報告する。

「お美津の方は、中野播磨守の実の娘じゃありやせん。本当の父親は智龍院の住職・天海だそうで」

「なに」

幻十郎の眼が険しく炯った。

「三年ほど前に中野家に養女に出されたそうですよ。そのころから、お美津の方は近所でも評判の器量良しで、子供のいない播磨守がぜひお美津を養女に迎えたいと」

「播磨守のほうから養女縁組の話をもちかけたってわけか」

「へえ」

「なるほど、そういうことか——」

三年前といえば、中野播磨守はわずか二百石の小身旗本であった。

「おそらく……」

囲炉裏の火に粗朶《そだ》をくべながら、幻十郎が語をつぐ。

「播磨守は、お美津の器量に目をつけて出世の道具に使ったのだろう。むろん、実の父親の天海も承知の上だ——」

わずか二百石とはいえ、播磨守はお目見以上の旗本である。娘を御殿奉公に出すのは、そう難しいことではない。

お目見以下の御家人や町民の娘でも御殿奉公は可能であったが、上級の奥女中に出世させるためには「旗本」という出自が不可欠だった。お美津の養女縁組はそのための下工作だったのである。

「ご当代さま（将軍家斉）は、人も知る漁色家だからな」

「へえ」

「お美津を大奥にあげれば、いずれ将軍の目にとまり、お手がつく。播磨守はそう踏んだにちがいねえ。そして……」

目論見《もくろみ》どおり、お美津の方は将軍家斉の「お手付き御中臈」となり、おかげで養父の中野播磨守も、わずか三年の間に二千石の旗本に出世したのである。

となると、次は実の父親・天海がお美津の方の恩恵にあずかる番である。

「播磨守は、お美津の方の権勢を笠にきて、智龍院を将軍家の祈禱所取り扱いにしようと企んでいる」

「そうなると何か御利益《ごりやく》でもあるんで？」

「将軍家から四、五千石の朱印地が下賜されることになるだろう」

「四、五千石！」

「つまり、天海も大身《たいしん》旗本なみの知行取りになるってことだ」

「へえ……、娘の出世で一族郎党、栄華のきわみってわけですかい」

歌次郎があきれ顔でつぶやいた。

「氏《うじ》なくして玉の輿《こし》にのる」とは、まさにこのことである。

娘が将軍の寵愛を受けて「玉の輿」にのると、親兄弟はおろか親類縁者までがその余光に浴するのがこの時代の慣例であった。

娘のおかげで父親が万石大名に出世したという例もある。これを「ホタル大名」といった。娘の〝尻の威光〟によって栄達した大名という意味である。この伝でいけば、中野播磨守はさしずめ「ホタル旗本」といったところであろう。

（それにしても……）

幻十郎が険しい顔で考え込む。

智龍院の内部でいったい何が行われているのか？

得体のしれぬ浪人者や山伏たちによる、異常とも思える厳しい警備はいったい何を意味するのか？

いずれにせよ、外部の人間に知られてはまずい〝何か〟が智龍院にはある。幻十郎は、その〝何か〟が見えてこぬ苛立《いらだ》ちを覚えながら、

「すまねえが歌次、しばらく智龍院に張り込んでみてくれ」

いいおいて、ふらりと立ち上がった。

「どちらへ？」

歌次郎がけげんそうに訊《き》く。

「鬼八のところへ行ってくる」

3

両国薬研堀《やげんぼり》の表通りから一歩裏に入った、人ひとりがやっと通れるほどの狭い路地の奥に、鬼八の『四つ目屋』はあった。

間口二間ほどの小さな店である。

油障子を引きあけて中に入ると、すぐ土間になっており、奥に三畳ほどの板敷きがあっ

た。正面と左右の板壁には、何段もの棚がしつらえられていて、その上に何やら怪しげな器具が並んでいる。

張形とよばれる女悦具である。

材質は水牛の角や鼈甲《べっこう》である。その形もさまざまで、鎧《よろい》形、なまこの輪、勢々理《せせり》形、兜《かぶと》形などがある。女同士で使う性具は「互い形」、あるいは「千鳥形」といって、真ん中に鍔《つば》がついている。

「やあ、旦那」

衝立《ついたて》の陰から、鬼八が姿をあらわした。

「ちょっといいか？」

「どうぞ、どうぞ」

と奥の部屋に案内する。

鬼八がいれた番茶をすすりながら、

「何かわかったか？」

幻十郎が訊く。

「へえ。あの刺青を彫った彫師は、浅草聖天町の捨松って野郎なんですがね」

「捨松？　そいつに間違いねえのか」

「十中八、九、間違いありやせん。けど……」

鬼八は面目なさそうにうつむいた。

「まんまと逃げられました」

「逃げられた？」

「そのうち戻ってくるんじゃねえかと思って、しばらく野郎の家を張り込んでみたんですがね。どこに雲隠れしちまったのか、それ以来さっぱり姿を現さねえんで――」

「そうか」

「ところが……」

と、いいかけたとき、店のほうで「ごめん」と声がした。

「ちょっと失礼」

席を外して鬼八が店に出ると、土間に小柄な侍がもっそりと立っていた。

銘仙《めいせん》の羽織に唐桟《とうざん》の着物、ちくさの股引《ももひ》き、一本差し、麻裏草履に尻っぱしょりというでたちの、見るからに風采《ふうさい》の上がらぬ中年の侍である。

「あ、宇津木さま、毎度ごひいきに」

侍の名は宇津木六兵衛。『四つ目屋』の常連客らしい。

「いつものやつを三つばかりもらいたい」

宇津木が気恥ずかしげに小声でいった。

「承知いたしました」

鬼八は、棚の上から「千鳥形」を三つ取って紙に包んで差し出した。中央に鍔のついた女同士が使う淫具である。

包みを受け取ると、宇津木は金を手渡して、こそこそと店を出ていった。

冷めた番茶をすすりながら、幻十郎が訊いた。

「どこの侍だ？」

「ゴサイですよ」

「ほう……」

幻十郎が意外そうな顔で鬼八を見た。

ゴサイとは、大奥の下働きの侍のことである。

江戸城大奥には「七つ口」とよばれる出入口があった。夕方七ツ（午後四時）には戸が閉められるところから、その名がついたといわれている。

七つ口の土間には、出入りの御用商人たちが「手すり」と呼ぶ丸太の勾欄《こうらん》があり、その勾欄の外の詰め所に、奥女中たちの雑用を賄う「ゴサイ」と称する下働きの侍たちが控えていた。

その語源は定かではないが、「御宰」、あるいは「五菜」「五斎」とも書く。

ゴサイは公儀の禄《ろく》をはむ侍ではない。高級女中たちに個人的に雇われた下男である。

御中臈は一人、御年寄は三人のゴサイを抱えていた。二人以上のゴサイを抱えている場合は、長年勤めたものを上《かみ》ゴサイといい、そのほかは下《しも》ゴサイといった。

宇津木六兵衛は、瀬島という御年寄に雇われた上ゴサイである。

「何しろ、大奥ってところは男っ気なしの女護ケ島ですからねえ」

鬼八がにやにや笑いながら説明する。

「将軍さまの『お手付き』以外は、みんな男日照りの女中ばかりで……」

性の渇きを癒《いや》すために、奥女中たちはゴサイにこっそり頼んで「張形」や「千鳥形」を買わせていたのである。

水牛の角で作った張形は、綿や布を湯にひたして角の空洞の中に入れて使った。こうすると角自体がやわらかくなり、人肌の温もりがあって「本物」と変わらぬ感触が得られたという。

川柳ではこれを「湯づけ」あるいは「湯がく」といった。

《長局《ながつぼね》牛の湯づけを食って寝る》

これは、長局（奥女中）が水牛の張形で孤閨《こけい》を慰める様を詠んだ句である。

水牛の角より高級なものが鼈甲《べっこう》製の張形である。

《一生を亀で楽しむ奥勤め》

この句にいう「亀」とは鼈甲のことである。鼈甲の張形には波形のひだが彫り込んであり、湯にひたすと水牛の角以上にやわらかくなったという。

宇津木六兵衛が買い求めていった「千鳥形」は、奥女中同士が交互にこれを腰に結びつけ、相手を男に見立てて使用する二人用の女悦具であった。

「四つ目屋にとっちゃいい客なんですよ。大奥のお女中衆は……」

といって、鬼八は薄笑いを泛かべた。

「それより鬼八、さっきの話のつづきはどうなった？」

「あ、そうそう」

ポンと手を打って、

「あっしの知り合いが、つい最近、深川の岡場所で捨松らしい男を見かけたそうで」

「深川の岡場所で？」

「へい。ひょっとしたら」

と、小指を立てて、

「これでもいるんじゃねえでしょうか」

「女か……」

「今夜にでも探りにいってみようかと思っていたんですがね」

「それはおれがやろう」

「え、旦那が？」

「たまには色里の風に吹かれるのも悪くねえだろう」

「へい」

「それまでひと眠りさせてもらうぜ」

幻十郎はごろりと横になった。


暮れ六ツ（午後六時）ごろ、幻十郎は『四つ目屋』を出た。

外はすでに夜のとばりが下りている。

薬研堀に沿って東に向かった。

元柳橋で猪牙舟《ちょきぶね》に乗り、大川を下る。

川面《かわも》を吹きわたる夕風が、ひんやりと首すじをなでてゆく。しばらくすると、夕闇の彼方に漁火《いさりび》のようにきらめく灯影《ほかげ》が見えた。

深川の街の灯りである。

深川は江戸屈指の色里で、仲町、土橋、新地、石場、櫓下《やぐらした》、佃新地《つくだしんち》、常磐町《ときわちょう》の七ケ所に、俗に「深川七場所」とよばれる岡場所があった。その賑《にぎ》わいは幕府官許の遊廓《ゆうかく》・吉原を凌駕《りょうが》するほどの勢いであったという。

猪牙で　さっさ　行くのは深川通い

上がる桟橋　アレワイサノサ
いそいそと　客の心は上の空
飛んでいきたい　アレワイサノサ
ぬしのそば

深川は掘割や細流が網の目のように走る水の街でもある。

その水路を利用して、深川通いの舟は、どこの茶屋でも、どこの遊女屋でも直接桟橋に着けることができた。

「さて、どこに着けやしょうか？」

初老の船頭が櫓《ろ》をこぐ手をとめてふり返った。

「そうだな……」

幻十郎は、一瞬思案して、

「仲町に着けてもらおうか」

「へい」

猪牙舟の船頭は、遊里のすみずみにまで精通している。遊び客のガイド役もこなすので茶屋や料亭、妓楼などから大切にされていた。まさに船頭あっての深川なのである。

「仲町で一番繁盛してるのはどこの見世だい？」

幻十郎の問いかけに、

「そりゃ『大黒屋』でござんしょうね」

船頭は即座にそう応えた。

『大黒屋』は、吉原に負けぬほどの高級な遊女をそろえており、大店《おおだな》の旦那衆や諸藩の江戸留守居役《るすい》など、武家や富裕階層の客たちの人気を集めていた。今風にいえば、高級売春クラブといったところか……。

「一見《いちげん》の客でも遊べるのか?」

「もちろんですとも。少々値は張りやすがね」

「じゃ、その見世に着けてくれ」

「承知いたしやした」

猪牙舟は永代橋《えいたい》の手前を左に折れて、仙臺堀《せんだいぼり》に進路をとった。

仙臺堀を二町も行くと、やがて右手に小さな橋が見えた。

相生橋《あいおい》である。

橋をくぐると、前方の闇におびただしい光の海が現出した。門前仲町《もんぜんなかちょう》である。

町筋に沿って、大小の水路が四通八達、複雑に入り組み、遊び客をのせた猪牙舟がひっきりなしに行き交う。

ややあって……、

「お待たせいたしやした」

船頭が桟橋に舟をつけた。桟橋の杭《くい》に『大黒屋』の大提灯《ちょうちん》がぶら下がっている。

船頭に酒代《さかて》を払って桟橋に上がると、番頭らしき男が目ざとく飛んできて、

「いらっしゃいまし。どうぞ、どうぞ」

揉《も》み手せんばかりに幻十郎を裏口に案内した。

4

通されたのは二階座敷だった。

運ばれてきた酒を手酌で飲《や》りながら、幻十郎は妓《おんな》が現れるのを待った。

座敷に通されたとき、席料のほかに遊び代として二両の金をとられた。岡場所の揚げ代としては破格の高値である。

果して、その金額に見合うだけの遊女が現れるかどうか、半信半疑の思いであった。といっても、女を抱くつもりで岡場所に来たのではない。

目的はあくまでも情報収集である。

色里の情報は、色里に生きる女から引き出す――これが、南町の同心時代に身につけた幻十郎の経験則である。

深川の遊女には、「伏玉《ふせだま》」と「呼出《よびだし》」の二種があった。「伏玉」は見世で客をとる女郎である。これに対して「呼出」は茶屋に呼び出されて客の相手をする遊女で、「伏玉」より格が上とされていた。

『大黒屋』の遊女は、むろん「呼出」である。

――それにしても遅い。

座敷に通されてから四半刻（三十分）ほどたっていた。内心苛立《いらだ》ちながら、幻十郎が二本目の銚子に手をつけたとき、

「いらっしゃいませ」

声とともに襖がしずかに開いた。

「お夕と申します。よろしくごひいきのほどを――」

女が顔をあげた瞬間、幻十郎は思わず目を見張った。息をのむほどの美形である。

歳は二十《はたち》前後だろうか、抜けるように色が白く、目鼻立ちのととのった品のよい面立ちをしている。吉原の花魁《おいらん》に匹敵する、いやそれ以上の美女といっていい。

言葉もなく瞠目《どうもく》する幻十郎に、

「どうぞ」

お夕がぎこちない手つきで酌をした。

その挙措、振る舞いにも、どことなく初々《ういうい》しさがある。

（これほどの女が、なぜ岡場所の女郎に……？）

そんな疑問が幻十郎の脳裏をよぎった。

「どうかなさいましたか？」

お夕がけげんそうに幻十郎の顔を見た。

「い、いや」

あわてて首をふり、

「まだ日が浅いようだな」

「え」

「この仕事……」

「三月《みつき》になります」

お夕が無表情に応えた。

「実家はどこだ？」

「奥州の……、棚倉《たなくら》の在の百姓です」

幻十郎は直観的に、

（嘘《うそ》だ）

と思った。

百姓の娘にしては色が白すぎるし、第一、言葉に訛《なま》りがない。

「売られてきたのか？」

「………」

ふっと顔を曇らせて、お夕は目を伏せた。長い睫毛《まつげ》がかすかに顫《ふる》えている。

しばらくの沈黙のあと、

「ところで」

幻十郎が話を切り換えた。

「捨松という男に心あたりはないか？」

「………」

一瞬、お夕の目が泳いだ。明らかに狼狽《ろうばい》の色である。

「浅草聖天町の彫師だ」

「知りません」

突っぱねるようにそういうと、

「ご浪人さん、遊びに来たんでしょ」

お夕は声を尖《とが》らせて憮然《ぶぜん》と立ち上がった。

そのとき、廊下を足早に立ち去る足音がした。

ほんのかすかな足音だったが、幻十郎は聞き逃さなかった。何者かが部屋の中の様子を探っていたのである。

それを知ってか知らずか、お夕は無表情に次の間の襖を引きあけた。

二つ枕のなまめかしい夜具がしいてある。

「次のお座敷がありますから」

お夕が気ぜわしげに着物を脱ぎはじめた。伊達巻《だてまき》を脱ぎ捨て、腰の物もとる。

一糸まとわぬ全裸である。

白蠟《はくろう》のようにつややかな肌、ゆたかな乳房、くびれた腰、肉付《ししづ》きのいい太股、股間《こかん》に黒々と茂る秘毛。

お夕は惜しげもなく、幻十郎の前に裸身をさらした。

「………」

幻十郎の目が一点に釘付けになった。

お夕の股の付け根に毒々しい女郎蜘蛛《ぐも》の刺青が彫ってあった。〝ぼかし〟のない「筋彫り」だけの刺青である。

幻十郎の視線に気づいて、お夕はうろたえるように両手で刺青を隠し、

「どうぞ」

夜具の上に体を横たえた。その仕種にもどことなくぎこちなさがある。

お夕は夜具の上に仰臥《ぎようが》したまま身じろぎもしない。まるで人形のようだ。

ふいに幻十郎が差料《さしりよう》をひろって立ち上がった。

「ご浪人さん……」

お夕がけげんに呼びとめた。

「どちらへ？」

「…………」

「何かお気に障《さわ》ったことでも？」

お夕の声をふり切るように、幻十郎は足早に部屋を出ていった。


寸刻後。

幻十郎は、黒江町の路地を歩いていた。

塗り込めたような闇である。仲町の賑わいが嘘のように四囲には人影ひとつなく、不気味なほど静まり返っていた。

(あれは捨松の仕事にちがいねえ)

幻十郎はそう確信した。お夕の内股に彫られた女郎蜘蛛の刺青である。

あの毒々しい図柄といい、「筋彫り」の粗略な線といい、ドンド橋付近で土左衛門となって見つかった二人の女の刺青と酷似していた。

あの刺青が捨松の仕事だとすれば、少なくともお夕は捨松と面識があるはずである。なのになぜ、そのことを隠そうとするのか？　そればかりか、お夕は自分の身の上も偽った。

「奥州棚倉の百姓の娘」というのは、明らかに嘘である。

（なぜ、あんな嘘を……？）

幻十郎の脳裏に次々に疑惑がわき起こってくる。

黒江町の路地をぬけて、坂田橋の北詰にさしかかったときである。

ふと気配を感じて足をとめた。

前方の闇が音もなく動いた。

幻十郎は反射的に刀の柄《つか》に手をやった。

突然、四つの影が行く手をふさいだ。闇に目をこらして見ると、影はいずれもすさんだ風体の浪人者であった。

「おれに何か用か？」

油断なく声をかけた。

応えはなかった。代わりに刀の鞘走《さやばし》る音が返ってきた。

「死ね！」

怒声とともに二人の浪人が猛然と斬《き》りかかってきた。刹那《せつな》、幻十郎の体が沈んだ――かに見えた瞬間、片膝をついて抜き打ちざまに紫電の一閃《いっせん》を放った。

一面に血煙がしぶき、二つの影が大きくよろめく。

ざぶんと水音が立った。

ひとりが掘割に転落したのである。水面に真っ赤な波紋がひろがった。

もうひとりは腹を裂かれて無様に地面にころがっていた。ざっくり裂かれた傷口から、おびただしい血流とともに臓物がとび出している。

「うおーッ」

残るふたりが獣のような咆哮《ほうこう》をあげて斬り込んできた。

幻十郎は横に跳んだ。跳びながら、下から刀をはねあげた。

キーン！

鋭い金属音が闇を裂く。

両断された刀が宙に舞った。

刀を折られた浪人があわてて脇差を抜いた。が、一瞬迅《はや》く、幻十郎の刀がその浪人を袈《け》裟《さ》がけに斬り下げていた。

横合いから、最後のひとりが死に物狂いで突いてきた。数歩とび下がって切っ先をかわし、振りかぶった刀を叩きつけるように振り下ろした。

ガツッ。骨を断つ鈍い音。

鮮血が飛び散り、数間先の地面にゴロッと何かがころがった。浪人者の首である。

刀の血しずくをふり払って鞘《さや》におさめると、幻十郎は何事もなかったように背を返して闇の彼方に立ち去った。

実はこのとき、付近の物陰で一部始終を見ていた男がいた。その男の存在に幻十郎はまったく気づいていなかった。


「だ、旦那さま！」

『大黒屋』の帳場に、中年男がころがるように飛び込んできた。

「どうした？」

五十がらみのでっぷり肥った男がふり返った。『大黒屋』のあるじ庄兵衛である。血相変えて飛び込んできた男は、番頭の儀助であった。

「き、鬼神組の先生方が……、殺《や》られました！……ひ、ひとり残らず」

「なにッ」

庄兵衛が目をむいた。

鬼神組とは、吉原遊廓の「忘八」（八つの徳を忘れた非情の集団）に対抗して、「深川七場所」の楼主たちが、腕の立つ浪人どもを集めて組織した自衛団である。

話はもどるが……。

幻十郎とお夕のやりとりを廊下で立ち聞きしていたのは、番頭の儀助だったのである。

幻十郎が捨松の行方を探っていることを知った儀助は、すぐさま近くの居酒屋にたむろしていた鬼神組の四人の浪人に通報し、帰途についた幻十郎を襲わせたのである。

「どうやら、ただ者ではなさそうだな。その素浪人……」

庄兵衛が苦々しげにつぶやいた。

「まさか、公儀の探索方じゃ――」

「いや、それはない」

庄兵衛が言下に否定した。

「わしらは、そのために月々百両もの運上金をお上《かみ》に納めているのだ」

庄兵衛のいう「わしら」とは、深川七場所を牛耳《ぎゆうじ》っている顔役たちのことである。


仲町の『大黒屋』庄兵衛。

土橋の『恵比須屋《えびす》』作右衛門。

新地の『毘沙門屋《びしやもん》』久兵衛。

石場の『弁財屋』平助。

櫓下の『福禄屋』伊左衛門。

佃新地の『寿老屋』市五郎。

常磐町の『布袋屋《ほてい》』仙右衛門。

以上の七人を、この界隈では「深川七福神」と呼んだ。彼らのたばね役をつとめる肝煎《きもいり》が『大黒屋』庄兵衛である。

そもそも岡場所の「岡」とは、幕府公認の吉原遊廓に対する「傍《おか》」、つまり非合法の私《し》娼窟《しょうくつ》を意味し、その存在自体が法で厳しく禁じられていた。

にもかかわらず、「深川七場所」が吉原を凌駕するほど賑わったのは、妓楼組合ともいうべき「七福神」から幕府の要路に多額の運上金が献上されていたからである。

本来、運上金は「営業税」のようなものなのだが、庄兵衛のいう運上金とは取り締まりを差し止めてもらうための目こぼし料にほかならなかった。平たくいえば賄賂である。

5

「運上金を納めているかぎり、公儀の探索方も町奉行所もいっさい手は出せぬはずだが……」

銀煙管《キセル》をくゆらせながら、庄兵衛が険しい口調でいった。

「すると、あの素浪人は――？」

「わしらの弱みをにぎって、金でもゆすり取るつもりだろう」

煙管の火をポンと長火鉢に落として、

「いずれにしても油断はならん。捨松を別の場所に移したほうがいいかもしれんな」

「早いほうがいい。捨松にそう伝えてくれ」

「家移《やうつ》りですか？」

「わかりました」

一礼して、儀助が部屋を出ていく。

同時に隣室の襖《ふすま》ががらりと開いて、

「面倒なことになってきたな」

低い声とともに、ひとりの浪人がうっそりと入ってきた。肩幅の広い、がっしりした体《たい》躯《く》の浪人である。

「片桐さま」

庄兵衛がふり向いた。

鬼神組の領袖《りようしゆう》・片桐藤十郎である。

「四人も斬り殺すとは大した腕だな、その素浪人——」

「先生方には、お気の毒なことをいたしました」

「なに同情はいらんさ。どこの馬の骨かわからん素浪人に手もなく斬られるようでは、はじめからものの役には立たぬ。強い者だけが生き残るのがこの世の常だ。四人の後釜《あとがま》はおれが探しておこう」

「お願いいたします」

「ところで大黒屋」

「はい」

「禍いの芽は早めに摘みとっておいたほうがよいぞ」

「と申しますと？」

「捨松のことだ」

「あ、いえ……」

庄兵衛が首をふって、

「あの男はまだ使い道があります。代わりが見つかるまで、もうしばらく生かしておいたほうがよろしいかと――」

「そうか。ま、おぬしがそう申すなら、ぜひもないが……、さて」

と朱鞘の太刀を腰に落とし、

「ひと回りして来るか」

藤十郎は大股に出ていった。


仲町からほど近い大島町の小路の奥に小ぢんまりとした仕舞屋《しもたや》があった。

『大黒屋』庄兵衛が捨松のために借りてやった一軒家である。

その家の一室で、捨松は片肌脱ぎの女の腕に入墨針を刺していた。

「あ、痛ッ……痛いよ、捨松さん！」

顔をしかめて叫ぶ女に、

「もうじき終わる。我慢しろ」

なだめるようにいって、捨松は黙々と針を刺しつづける。

女は大島町の女郎屋の「伏玉」（安女郎）である。

江戸文化が爛熟《らんじゅく》と頽廃《たいはい》をきわめたこの時代（文政年間）、色里の遊女たちの間で、惚《ほ》れた男への二心なき証《あかし》として、腕や指の股にその男の名を彫り込む「起請彫《きしょうぼ》り」が流行《はや》っていた。

起請彫りのパターンは、男の名の下に「命」の一字を彫りこむ「〇〇さま命」がもっとも一般的で、この場合「長く命にかけて」という願いをこめて、命の「卩」の棒を下に長く引きのばすのが通例であった。

次に多いのが「〇〇二世の妻」や「二世三世〇〇女房」、これは二世三世かけてその男の妻であり、ほかの男には決して気を移さないという誓約の意味である。

海千山千の女郎たちは、この「起請彫り」を客の心をつなぎとめておくための手練手管《てれんてくだ》として使った。

「あたしの心は、お前さんだけのものだよ、ほらこの通り……」

と腕の「起請彫り」を見せて、客から金を引き出すのが彼女たちの常套《じょうとう》手段である。

中には、散々金をしぼり取って用済みになった男の「起請彫り」を、煙草の火や艾《もぐさ》で焼き消し、あらたに別の男の名を彫りこむしたたかな女もいた。

《太えあま　腕に火葬が　二つ三つ》

いま、捨松が針を刺している女郎の右腕にも、「起請彫り」を消したと思われる二つの火傷の痕《あと》があった。この女も「ふてえ女《あま》」のひとりなのである。

「さ、終わったぜ」

捨松が入墨針を皿においた。

女の腕に、彫り上がったばかりの「吉さま命」の四文字があざやかに浮き出ている。

「いくらだい？」

着物の袖に手を通しながら、女が訊いた。

「一両だ」

「そりゃ高いよ、半分の二分にまけておくれな」

と小鼻をふくらませる女に、

「どうせまたその彫り物で十両や二十両稼ぐつもりだろ。ケチなことはいいっこなしだぜ」

捨松が冷然といい放つ。

「お前さんも因業《いんごう》な男だねえ」

「金が仇の世の中だからな」

「じゃあ、こうしよう」

女は、やおら帯を解きはじめた。

「おあし二分と……この体……」

大きく開いた女の胸元から、豊満な乳房がぼろんとこぼれ出た。

捨松は脂ぎった眼でじっと見ている。

「どう？　それで手を打たないかい」

「よし」

と、うなずくや、荒々しく女を押し倒し、二つの乳房をわしづかみにして、捨松はむさぼるように乳首を吸った。

「ああ、ああ……」

あえぎながら、女は着物を脱ぎ捨てた。

「伏玉」にしては体の線がくずれていない。腰から尻にかけてむっちりと肉がついている。恥丘をなでおろす。秘毛は地肌が透けるほど薄い。毛ずれを防ぐために自分で「毛切り」をしているのである。

捨松がふんどしを外す。いきり立った一物がはじけるように飛び出した。

女はそれを指でつまんで秘所に導く。ずぶりと入った。

「あっ、ああ……」

上体を弓なりにそらし、女が激しく腰をふる。ふりながら下腹に手をのばし、捨松のふぐりを揉《も》む。これは早く「いかせる」ためのプロの性技である。

捨松はまんまと女の術中にはまった。

「うッ」

こらえ切れずにあっけなく放出した。

女は、おおいかぶさる捨松の体を押しのけて、手早く着物を身につけると、

「じゃ、お代はここに」

畳の上に小粒金二つをおいて、そそくさと出ていった。

「ちッ、何てこったい……」

自嘲《じちょう》の笑みを泛かべながら、捨松がふんどしを締めなおしていると、

「ごめんよ」

儀助が入ってきた。

あわてて身づくろいをする捨松に、

「お楽しみだったんで？」

儀助がにやりと笑った。

「なに、行きがけの駄賃さ……、おれに何か用かい？」

「実は――」

儀助の顔から笑みが消えた。

「お前さんを探している男がいるんだよ」

「おれを？……何者だい」

「人相の悪い浪人者だ。心あたりはないかい？」

「いや」

捨松がうそ寒い顔で首をふった。

「とにかく、ここにいてはまずい。しばらく別の場所に身を隠してもらいたいんだ。一両日中に、あたしが引っ越し先を探しておくから」

「そりゃかまわねえが……」

「旦那さまも心配しておられる。面倒だが頼みましたよ」

いいおいて、足早に出ていく儀助のうしろ姿を、捨松は暗然と見送った。

第三章　遊女狂乱

1

牛込七軒寺町の『智龍院』の山門の向かい側の小路に、担ぎ蕎麦《そば》屋が店を張っていた。

近隣の寺院の寺男や旗本屋敷の中間《ちゅうげん》などを相手に、結構商売は繁盛している。

「へい、お待ちどおさま」

どんぶりを差し出したのは、百化けの歌次郎である。

智龍院に張り込んでから、すでに四日がたっていた。その間、とくに変わった動きはなかった。山門を出入りするのは、使い走りの年若い修行僧ばかりである。

八ツ（午後二時）ごろになって、客足がぱったりと途絶えた。

「さて、そろそろ昼めしでも……」

と、蕎麦を湯がきはじめたとき、弁天町のほうから二人の供侍を従えた大名駕籠《かご》がやってきた。それを見た歌次郎の目にきらりと疑念がよぎった。

公用の他行にしては、扈従《こじゅう》の数が少なすぎるし、この時刻に大名駕籠が寺町通りを往来することはめったにない。

(妙だな)

不審げに見ていると、駕籠は急に歩度を速めて智龍院の山門へ入っていった。

境内の奥から数人の僧侶《そうりょ》が小走りにやって来て、うやうやしく出迎えると、駕籠を案内してふたたび境内の奥へと立ち去った。

歌次郎が見たのは、そこまでである。

(何か動きがありそうだ)

そう思いながら、湯がいた蕎麦をどんぶりに入れ、だし汁をかけてすすり上げた。

四半刻(三十分)後。

二組の来訪者があった。

一組は、若党を従え、徒歩でやってきた旗本風の武士である。過日の聞き込みで、歌次郎はその武士の顔をすでに見知っていた。

新御番頭二千石・中野播磨守である。

そしてもう一組は、『大黒屋』庄兵衛と鬼神組の領袖《りょうしゅう》・片桐藤十郎であった。

(あの二人連れは……?)

蕎麦をすすりながら、歌次郎はいぶかる目で二人の姿を追った。

門前で藤十郎がするどく四辺に目をくばり、庄兵衛を警護するようにぴたりと身を寄せて、足早に山門の奥に姿を消した。

――臭うな……。

蕎麦を食いおえると、歌次郎は手早く担ぎ屋台を片付けはじめた。

「わざわざお運びいただきまして、まことに恐縮に存じます」

住職の天海が仰々しく叩頭《こうとう》した。

智龍院の方丈の書院である。

脇息《きょうそく》にもたれて鷹揚《おうよう》にうなずいたのは、若年寄の田沼玄蕃頭《げんばのかみ》意正《おきまさ》。大名駕籠の主はこの男だったのである。

前に中野播磨守と大黒屋庄兵衛が威儀を正している。

「さっそくでございますが」

播磨守がおもむろに口を開いた。

「将軍家御祈禱所《ごきとうしょ》取り扱いの件、いかがな運びになっておりましょうか」

「先日、幕議に諮《はか》ったのだが……」

田沼は不快そうに眉根をよせて、

「寺社奉行の脇坂淡路守が強く反対しおってのう」

「まさか、お取り下げということでは？」

「いやいや……、結局、ご老中・水野出羽守《でわのかみ》さまのご裁決を仰ぐことになった。案ずることはあるまい」

「左様でございますか……」

「わしからも直々に出羽守さまにお願い申しあげておこう」

「そうしていただければ幸いに存じます」

天海が卑屈な笑みを泛かべて平伏する。

「――大黒屋」

田沼がじろりと庄兵衛を見やった。

「そちからの話というのは何じゃ？」

「ははっ」

と、ひれ伏して、

「先日、得体のしれぬ浪人者が手前どもの店に探りを入れにまいりまして」

「得体のしれぬ浪人？」

「よもやとは存じますが、ご公儀の探索方が動いているとすれば、ぜひお差し止め願いたいと……」

「いや」

田沼は大きく首をふりながら、

（松平楽翁だ……。楽翁が放った密偵に相違ない……）

内心、そうつぶやいた。

過去にも何度か〝得体のしれぬ浪人〟に煮え湯を飲まされている。

（またか……）

という思いが脳裏をよぎったが、田沼は気をとり直して、

「その浪人者、公儀筋の者ではあるまい」

「すると、いったい……」

何者でございましょうか、と不安な顔で庄兵衛が訊《き》き返した。

「わからん。目付に調べさせよう」

田沼が不機嫌に応えた。

「一つ、よしなに……」

追従笑いを泛かべながら、庄兵衛は手元の袱紗《ふくさ》包みを差し出した。中身は切餅《きりもち》四個（百両）。例の運上金である。

「今月分でございます。どうぞご笑納くださいまし」

「うむ」

と、袱紗包みを引き寄せ、

「では、そろそろ……」

「お帰りでございますか」

天海が訊く。

「人目をはばかる微行《しのび》ゆえ、長居は無用じゃ」

田沼が腰をあげた。天海がすかさず立ち上がって、玄関に送り出す。

平伏して見送った播磨守が、おもむろに顔をあげた。

「欲の深い御仁だが……、それに見合うだけのことはして下さる。付き合って損のないお人だ」

「ごもっとも……、田沼さまのおかげで、手前どもも大手をふって商いができます」

といって、庄兵衛はあわてて、こう付け加えた。

「あ、いえ、もちろん播磨守さまのご尽力あってのことでございますが」

「ふふふ、わしらは互いに持ちつ持たれつの仲、ということよ」

「ところで、御前」

「何だ」

「次の玉競《たませ》りはいつごろになりましょうか？」

「いまのところ、競りにかけるだけの玉がそろっておらぬようだ。もうしばらく待ってくれ」

「かしこまりました」

そこへ天海が戻ってきた。播磨守がふり向いて、

「天海どの、玉はどれほどそろっておるのだ？」

「まだ五人ばかりでございます」

「そうか……」

「今回は粒ぞろいでございます。ごらんになりますか？」

「そうだな。大黒屋、ついでに下見をしていったらどうだ？」

「はい」

「ご案内いたしましょう。どうぞ」

天海に案内されて、二人は部屋を出た。

方丈の長廊下を何度も曲がりくねった先に、分厚い杉戸で仕切られた部屋があった。杉戸の前には、白麻の鈴懸《すずかけ》をまとった山伏がふたり、見張りに立っている。

「開けてくれ」

天海が命じる。はっ、と一礼して二人の山伏が杉戸を開けた。

そこは六畳ほどの畳部屋である。

正面は虎の絵が描かれた絵襖で仕切られていた。

天海が絵襖を引き開けた瞬間、

「ほう！」

思わず庄兵衛は息を飲んだ。

太い格子戸がはめられている。その奥は八畳ほどの部屋になっていた。三方の壁はすべて板張りで、正面に明かり採りの小さな高窓がある。

座敷牢である。

隅の暗がりに、緋襦袢《ひじゅばん》姿の五人の若い女がうずくまっていた。恐怖のせいか、それとも寒さのせいなのか、女たちは一様に蒼《あお》ざめた顔で、小きざみに体を慄《ふる》わせている。

いずれも色の白い、目鼻立ちのととのった品のよい面立ちをしている。一見して富裕な商家の娘とわかる。

「どうじゃ？」

天海が狷介《けんかい》な笑みをきざんで、庄兵衛に訊いた。

「なかなかの上玉ぞろいで……」

「ふふふ、これなら高値がつくぞ」

播磨守も満足げにうなずく。

「よろしいかな」

と、天海が襖を閉めながら、

「七人そろったところで競りにかけよう。あと五、六日待ってくれ」

「承知いたしました」

満面に笑みを泛かべて、庄兵衛は何度も頭を下げた。


そのころ――。

帰途につく田沼の駕籠を、ひそかに尾《つ》けて行く担ぎ蕎麦屋の姿があった。

歌次郎である。

やがて田沼の駕籠は、飯田町の相良《さがら》一万石の大名屋敷の門内へ入っていった。それを見届けると、歌次郎はすぐさま智龍院にとって返した。

2

「お志乃さん」

部屋の掃除をしていた志乃が、その声にふと手をとめて縁側の障子を開けた。庭先に家主の井筒屋伊兵衛がおだやかな笑みを泛かべて立っている。

「あ、伊兵衛さん」

「娘が帰ってきたので、よかったら一緒にお茶でもいかがですか」

母屋に向かった。

「ええ、ありがとうございます」

鬢《びん》のほつれ毛をかきあげながら、志乃は濡《ぬ》れ縁から庭に下りて、伊兵衛のあとに従《つ》いて
奥座敷に茶菓の支度がととのっていた。

「どうぞ」

と、茶をいれて差し出したのは、井筒屋のひとり娘・加代である。口もとに幼さを残した、愛くるしい顔をしている。二年ばかり旗本屋敷に行儀見習いに出ていたので、志乃と加代は顔を合わせることがなかった。これが初対面である。

「志乃と申します。ご両親にはいつもお世話になっております」

「いえ、こちらこそ」

加代が恥ずかしそうにうつむいた。

「お志乃さんには面倒なことをお願いいたしましたが――」

伊兵衛が申しわけなさそうな顔でそういうと、女房のお兼がすかさず横合いから、

「例の御殿奉公の件ですよ」

「ああ……」うっかりそのことを忘れていた。

「実は、その……、知り合いには頼んでおいたのですが――」

幻十郎に頼んだまま、返事を聞くのを忘れていたのである。

「いえ、もういいんですよ。決まりましたから」

お兼が嬉《うれ》しそうにいう。

「というと、ツテが見つかったんですか？」

「ええ、大奥に顔の利く人が見つかりましてね……、この通り、御中臈《おちゅうろう》さまからお墨付きもいただきましたし」

伊兵衛が一枚の書状を差し出した。御殿に召し出す旨の証文である。末尾に御中臈・お美津の方の署名があった。

「そうですか……、それはようございましたねえ」

「お志乃さんには無理なお願いをして、本当にご面倒をおかけしました」

「いいえ、何のお役にも立てませんで……でも、せっかくお戻りになったのに、また寂しくなりますね」

「娘の仕合わせを考えるなら、それも致し方ありません」

「一生懸命ご奉公すれば、そのうち宿下《やどさ》がりのお許しも出るでしょうし」

お兼が微笑を泛かべていった。

「宿下がり」とは、奥女中が休暇をもらって親元に帰ることをいう。

大奥の規定では、御殿奉公に召し出されてから三年目に、はじめて六日間の「宿下がり」が許され、六年目に十二日、九年目に十六日、と三年ごとに休暇が与えられることになっていた。

といっても、それが許されるのは身分の低い女中たちにかぎられており、御錠口番《おじようぐちばん》や表使《おもてづかい》、御小姓、御中臈などの高級女中に「宿下がり」はいっさい許されなかった。また、何年勤めればお暇が出るという年限もなく、御目見以上は〝一生奉公〟というのが通例であった。

そうした大奥の実態を、ほとんどの町民たちは知らなかった。というより知らされていなかったのである。むろん伊兵衛夫婦も知らなかった。

「で、御殿にはいつ上がることに？」

志乃が訊いた。

「四日後の夕方、お城から迎えの駕籠がくることになっているんです」

「そう……、お加代さん、つらいこともあるでしょうけど、頑張ってくださいね」

「はい」

加代が屈託なく微笑《わら》った。その笑顔を見て、

（この娘は本当に仕合わせになれるのだろうか？）

志乃はふとそう思った。「大奥」は、志乃にとっても未知の世界である。果して、そこに伊兵衛夫婦や加代が想い描くような薔薇《バラ》色の「夢」や「仕合わせ」があるのだろうか？

漠然とした不安が志乃の胸にこみあげてくる。

めずらしく暖かい朝であった。

幻十郎はいつものように刀をぶら下げて、『風月庵』の裏の雑木林に向かっていた。

落ち葉におおわれた小径を歩いていると、

「幻十郎」

ふいに背後で声がした。

ふり向くと、釣り竿《ざお》をかついだ市田孫兵衛が、枯れ葉を踏んで飄々《ひょうひょう》とやってくる。

「孫兵衛どの、釣りですか？」

「ああ、たまには息抜きをせんとな。おぬしも付き合え」

有無をいわせぬ命令口調である。幻十郎は苦笑した。

（ふふふ、考えたな）

孫兵衛の目的は釣りではない。「仕事」の進捗《しんちょく》状況を探りにきたのである。面と向かってそれをいうと、幻十郎たちに煩《うるさ》がられるので、釣りを口実に偶然の出会いをよそおったのだ。

稲荷堀《とうかんぼり》の南に、今は使われていない朽ち果てた栈橋があった。

このあたりは海水と淡水が入り混じるところで、鯔《ぼら》がよく釣れる。

無風快晴。水面《みなも》は鏡のように凪《な》いでいる。

孫兵衛が釣り糸をたらしながら、

「ところで幻十郎」

何食わぬ顔で声をかけてきた。

(来たな)と思いながら、幻十郎は孫兵衛のかたわらに腰をおろした。

「例の件はどうなっておる?」

案の定〝仕事〟の催促である。

「歌次に探らせています」

「で……?」

「まだ、ご報告できるようなことは――」

「いや、わかっているだけでよい」

「昨日、若年寄の田沼と中野播磨守、それに深川の茶屋のあるじ・大黒屋庄兵衛が智龍院を訪れたとか」

「ほう……、妙な顔ぶれがそろったものじゃな」

「播磨守はともかく、田沼と大黒屋がどこでどうつながっているのか、そこのところがまだ……」

「絵解きは簡単じゃ」

孫兵衛がこともなげにいった。

非合法の深川の岡場所が、半ば公然と営業をつづけているのは周知の事実である。この数年、取り締まりが行われたことも一度もなかった。ということは、つまり……、

「田沼に賄賂《わいろ》が渡っておるからじゃろう」

孫兵衛はそう推断した。

「以前は『警動《けいどう》』がありましたが……」

凪いだ水面に視線を落としながら、幻十郎がぽつりといった。

「警動」とは、私娼窟《ししょうくつ》や岡場所への抜き打ちの手入れのことである。南町の同心時代、幻十郎は何度か「警動」に駆り出されたことがあった。

「少なくとも、わたしが南町を去ってから、『警動』が行われたという話は一度も聞いたことがありません」

「まったく、ひどい世の中になったものじゃ。楽翁さまが政事から身を引かれてから、何もかもが元《もと》の木阿弥《もくあみ》よ」

孫兵衛が眉をひそめて深々と嘆息した。

楽翁＝松平定信が老中首座として幕閣の頂点に君臨していた時代、秋霜烈日の政治改革（寛政の改革）を断行したことは、前に詳述した。

淫売女の取り締まりもその一つである。

当時の取り締まりがいかに厳しいものであったか、『楽翁公傳』は次のように記してい

る。

「当時、風俗を乱す根源と目されたるは、遊女および淫売女なりき。定信公はその取り締まりを励行し、往年、田沼意次の執政時代において、運上を徴して、淫売女を黙許したるを改め、運上を廃止するとともに、その検挙を行い……（中略）この禁を犯す者あれば、抱え主は家屋敷および財産を闕所《けっしょ》に附し、百日間の手鎖に処し、再犯の時は江戸払いを命じ、売女は父兄または親族に引き渡し、引き取り人なき時は三年間、吉原に入れ、請人・家主・五人組・名主等を厳科に処する」

ここで注目すべきは、

「往年、田沼意次の執政時代において、運上を徴して淫売女を黙許したる（云々）」

の一節である。

つまり、若年寄の田沼意正は、父の意次とまったく同じことをやっているのである。

3

「だが、田沼の悪行はそれだけではあるまい」

といって、孫兵衛がグイと釣り竿を引きあげた。

何も掛かっていない。

いまいましげに舌打ちして、ふたたび釣り糸を水中に投げ入れ、

「問題は、田沼玄蕃頭《げんばのかみ》と中臈お美津の方、そして中野播磨守と智龍院天海……、この四人がいったい何を企んでいるのか、わしが知りたいのはそれじゃ」

「意外なことが一つわかりましたよ」

「中野播磨守はお美津の方の実の父親ではありません」

「ほう……、と申すと？」

「本当の父親は智龍院の天海……。つまり、娘を奥向きにあげるために、中野家に養女に出したというのが事の真相です」

「なるほど」孫兵衛の眼がぎらりと炯《ひか》った。「娘を出世の具に使ったというわけか」

「ま、しかし」

幻十郎が腰をあげた。

「そこまではよくある話ですからな」

「むろん、養女縁組自体は悪いことではない。だが、その二人に田沼玄蕃頭がからんでいるとなると話はべつじゃ」

田沼がからめば、かならず金が動く。金が動けばそこに悪事が生じる。政事の腐敗の根源はそれなのだと孫兵衛は力説する。

「いずれにせよ、もうしばらくのご猶予を……」

一揖《いちゆう》して、幻十郎が背を返そうとすると、

「幻十郎」

孫兵衛が呼びとめた。

「楽翁さまは気の短いお人でな。わしもほとほと困っておるんじゃ。しばらくといわずに、なるべく急いでくれよ」

「わかりました……。ついでにわたしからも一言」

「何じゃ?」

「餌《えさ》がついてませんよ」

「ん!」

思わず釣り竿を引き上げた。針に餌がついていない。

「やられた!」


『風月庵』の丸太門をくぐりかけたところで、幻十郎はふと足をとめた。

軒下で洗濯物を干している女がいた。

志乃である。

志乃もすぐ幻十郎に気づいて、

「おはようございます」

と笑顔を向けた。

「手伝いに来てくれたのか」

「お洗濯日和ですからねえ。ほら、汚れものがこんなに溜《た》まってしまって」

盥《たらい》の中の山積みの洗濯物を指していった。

「歌次が仕事に出ているのでな」

「男所帯にウジがわく、とはよくいったものですよ」

「茶でも飲まぬか」

「ええ、もうじき終わりますから」

幻十郎は先に板間に上がって、茶の支度をはじめた。歌次郎の姿はなかった。幻十郎の留守中に「探索」に出かけたのだろう。

囲炉裏に鉄瓶《てつびん》をかけて湯を沸かしていると、ややあって志乃が入って来た。

「歌次さんの〝仕事〟って、楽翁さまからの……？」

「うむ」とうなずいて、楽翁から依頼された〝裏の仕事〟を説明しながら、幻十郎は鉄瓶の湯を急須にそそいで茶をいれた。

「智龍院の警備が思いのほか厳しくてな、さすがの歌次も手こずっているようだ」

「わたしも何かお手伝いしましょうか」

「いや……」

と幻十郎が首をふった。

志乃にはべつの仕事を手伝ってもらいたかった。

捨松の一件である。

五日前、捨松の所在を探るために深川七場所に足を向けたのだが……、

「その帰りに四人の浪人者に襲われてな」

「斬《き》り合いになったんですか」

「やむなく四人を斬り捨てた」

「でも、なぜ旦那を……?」

「探られては困ることがあったのだろう。いずれにしても、やつらに面が割れた以上、二度と深川七場所に足を踏み入れることはできぬ」

「で、わたしにその仕事を?」

「お夕という遊女の動きを見張ってもらいたいのだ」

お夕と捨松が浅からぬ関係であることは、お夕の内股に彫られた刺青でわかった。だが、お夕はそれを否定した。おそらく誰かに口止めされているのであろう。

その誰かとは、二人のやりとりを盗み聴きしていた者であり、四人の浪人者に幻十郎を襲わせた黒幕でもある。

話を聞きおえた志乃が、

「わかりました。さっそく今夜にでも」

と立ち上がるのを、

「志乃」

幻十郎が呼びとめ、

「仕事料だ」

金子三両を差し出した。

「いいんですか、こんなに」

「おれの懐が痛むわけではない。遠慮なく取ってくれ」

「じゃ」

「くれぐれも気をつけてな」

「ありがとう」

婉然《えんぜん》と微笑《わら》って、志乃は出ていった。


その日の午後。

志乃は両国薬研堀の『四つ目屋』をたずねた。

「おや、志乃さん、ひさしぶり」

奥から鬼八が出てきて、

「まさか張形を買いに来たんじゃないだろうね」

と軽口をたたく。

「冗談はよしてくださいな。鬼八さんに折入ってお願いしたいことが……」

「何だい？」

「化粧品の出商い（行商）をしたいんですけど、鬼八さんなら品物の仕入れ先を知っているんじゃないかと思って――」

「化粧品の出商い？」

いぶかる鬼八に、

「仕事ですよ」

志乃が事情を説明する。

深川七場所は、江戸中の男たちが淫靡《いんび》な快楽を求めて群れ集まる色里である。素人の女が足を踏み入れるような場所ではない。かつて吉原遊廓《ゆうかく》の切見世《きりみせ》で女郎をしていた志乃は、その危険性を誰よりも知っていた。

そこで考えたのが化粧品の行商である。

白粉《おしろい》や口紅、眉墨《まゆずみ》などの化粧品は、遊女たちにとって欠かせぬ必需品である。

「お女郎衆相手の商売なら怪しまれることはないだろうと思って」

「なるほど」

「それに情報もとりやすいでしょ。女同士の商いなら……。どこか知りませんか？　化粧品の仕入れ先」

「ふむ」

鬼八は腕組みをして考えこんだ。

「坂本の仙女香《せんじょこう》はどうだい？」

『仙女香』とは、この年（文政七年）、売り出されたばかりの白粉である。

文政七年（一八二四）刊の『江戸買物獨案内』によると、

「おかほの妙薬、美艶『仙女香』。一包四十八銅。此の『仙女香』は常に用いて色を白くし、きめこまかにす。はたけ、そばかすによし。できものの類を早く治す。其の他、効能多く（云々）」

と記されている。

発売元は、

「江戸京橋南伝馬町三丁目いなり社東となり。坂本屋」

とある。

「それでよきゃ、おれが二、三十包仕入れて来てやるぜ」

「ぜひお願いします」

4

暮れ七ツ（午後四時）。

西の空には、まだほんのりと残照が滲《にじ》んでいる。

陽が落ちるのを待ち切れぬように深川七場所の街灯りは満開に花を咲かせていた。

「お顔の妙薬、美艶『仙女香』はいかがですかァ……坂本屋の『仙女香』はいかがですかァ……」

紺の前掛け姿、姐《あね》さんかぶりの女が、売り声をあげながら仲町の路地を歩いていく。行商に扮《ふん》した志乃である。

「ちょっと、お姉さん」

女郎屋の裏口から、着物をだらしなく身にまとった女が小走りに出てきた。「伏玉」とよばれる安女郎である。

「それって、白粉？」

「ええ、京橋の坂本屋から今年売り出されたばかりの白粉なんですよ」

と、かがみ込んで風呂敷包みから『仙女香』の紙包みを取り出し、

「これを使うとお肌が白くなって、きめが細かくなるんです。吹き出ものなんかにもよく

効くんですよ」

包みの中の白粉を指ですくって、女の顔に塗りつける。

「香りもいいでしょう」

「おいくら?」

「ひと包み四十八文」

そうこうしているうちに、あちこちから女たちが集まってきた。

「じゃ、一つもらおうかしら」

「あたしも」

「あたしも」

と、飛ぶように売れる。

「どなたか、お夕さんてお女郎さん知りませんか?」

白粉の包みを手渡しながら、志乃がさり気なく訊くと、

「松葉屋にいるわよ、お夕って名の『呼出』さんが……」

女郎のひとりが応えた。

客に呼び出されて茶屋の座敷にあがる「呼出」(高級遊女)は、俗に「子供屋」と呼ばれる置屋に抱えられていた。

松葉屋は、「呼出」を十二、三人抱える仲町最大の「子供屋」である。

その松葉屋の一室で、お夕が黙然と化粧をしていた。

鏡に映るお夕の顔は、どこか物憂げで、眸《ひとみ》の奥に昏《くら》い翳《かげ》りがさしている。

「もう、こんな暮らしは沢山……」

鏡の中の自分にぼそりとつぶやくと、お夕は居たたまれぬように立ち上がった。とたんに激しいめまいに襲われ、崩れるように膝を折って畳の上に倒れ込んだ。

全身に悪寒が奔《はし》る。

天井がぐるぐる回っている。

意識が急速に薄れてゆく。

(落ちる……落ちる……)

お夕の体は、木の葉のように舞いながら、奈落の底へと吸い込まれていった。

(ここは、どこ……?)

四辺は無限の闇である。

その闇の中に、お夕は全裸で横たわっていた。両手は麻縄でしばられ、口に猿ぐつわが咬《か》まされている。

大きく広げられた両脚の間に、髭面《ひげづら》の男が背を丸めてかがみ込んでいた。

彫師の捨松である。

（あっ）

下腹にするどい痛みが奔った。

捨松がお夕の内股に刺青を彫っている。

針を刺すたびに激痛が奔った。

「い、痛い……」

お夕が悲鳴をあげる。だが、猿ぐつわを咬まされているので声にならなかった。いも虫のように身をよじって呻《うめ》くばかりである。

入れ墨針が容赦なくお夕の柔肌を責める。四、五十本の針をたばねて彫る「ぼかし彫り」より、一本ないし五本の針で彫る「筋彫り」は、針の数が少ない分だけ、彫るときの痛みは大きいという。

捨松が黙々と「筋彫り」の針を刺す。刺すたびに血が滲《にじ》む。滲み出た血を手拭《てぬぐ》いでふきとり、また針を刺す。その作業が一刻（二時間）ほどつづいたあと……、

「出来たぜ」

ぼそりとつぶやいて、捨松が顔をあげた。

お夕の内股に毒々しい女郎蜘蛛《ぐも》の刺青が浮き立っている。

捨松が満足げにそれを見やり、

「大事なところに、こんなものを彫り込まれちまったら、もう二度と堅気《かたぎ》の女には戻れね

えだろうよ」

といって、喉《のど》の奥でくっくくと嗤《わら》った。

お夕は絶望的に目を閉じた。

ふたたび深い闇が視界を閉ざした。


「お夕さん、お夕さん！」

甲高い女の声で、お夕はふっと意識を取り戻した。

襖が開いて、やり手婆が顔を出し、

「お座敷がかかったよ。はやく支度をしておくれ」

「は、はい」

あわてて立ち上がり、身支度をととのえて部屋を出た。

玄関で『大黒屋』の妓夫《ぎゆう》が待っていた。

妓夫（牛太郎《ぎゆうたろう》）は、茶屋の客引きや遊女の送り迎えをする若い衆である。彼らは遊女の監視役もかねていた。

松葉屋から半丁ほど離れた表通りに『大黒屋』があった。

柿染めの暖簾《のれん》をわけて、中へ入ると、

「お客さんがお待ちかねだよ、ささ」

番頭の儀助が、せきたてるようにお夕を二階座敷へうながした。

「いらっしゃいまし」

襖を開けて挨拶《あいさつ》をする。

手酌で酒を呑んでいた赤ら顔の恰幅《かっぷく》のよい武士が、じろりと視線を向けた。二、三万石の大名家の江戸留守居役といった感じの武士である。

「お初におめもじいたします。お夕と申します」

「ほう、美形だな」

武士は好色そうな目でお夕をねめまわした。

「酌をしてくれ」

「はい」

と、膝をすすめた瞬間、いきなり武士の手が伸びて、お夕の体を引き寄せた。

「あっ」

「わ、わしは……、気が短いんじゃ」

荒い息づかいでお夕を抱きすくめ、やおら着物の裾《すそ》をまくり上げた。白く、つややかな臀《しり》がむき出しになる。

「つ、次の間に褥《しとね》のご用意がしてありますから……」

身もがくお夕を荒々しく組み伏せて、

「ここでよい」

武士が股間《こかん》に手を滑り込ませた。

「あっ」

節くれ立った指が秘所を突いた。お夕は必死に身をくねらせて逃げようとする。

「じたばたするでない！」

一喝し、指先で執拗《しつよう》にお夕の秘孔をなぶりながら、武士は手早く袴《はかま》の紐《ひも》を解き、着物の前を払って下帯をはずした。怒張した一物が発条《ばね》のようにはじけ出る。

両手でお夕の臀をわしづかみにしてグイと持ちあげた。薄桃色の花芯があらわになる。

そこへいきり立った肉根をずぶりと突き差し、犬のようにうしろから責める。

「あ、ああ……」

お夕が悲鳴をあげてのけぞる。

容赦なく武士は責め立てる。けだもののような雄叫《おたけ》びを発しながら、暴力的に責める。

やがてお夕の中で熱いものが炸裂《さくれつ》した。

精を放った武士は、惚《ほう》けたようにその場にへたり込み、肩で荒く息をついた。

お夕がふらりと立ち上がった。

「どこへいく」

武士が剣呑《けんのん》な目を向けた。

「誰が帰れといった？」

「………」

お夕は無言のままで突っ立っている。

「まだ終わってはおらん。これからが本番じゃ」

「もう二度と……、二度とごめんだよ！」

「なに」

「あんたは……、畜生だ！」

叫ぶなり、部屋の隅の刀掛けから武士の大刀をつかみ取って、

「薄汚い豚侍さ！」

猛然と武士に斬りかかった。不意をつかれて、よける間もなく、武士は肩口に切っ先を受けて大きくのけぞった。

「お、おのれ、何をする！　売女《ばいた》ッ」

「畜生ッ」

お夕が狂ったように刀をふり回す。

「だ、誰か！……助けてくれ！」

武士はぶざまに這いつくばり、必死に逃げまどう。その背中に、お夕がとどめの一刀をぶち込んだ。

「うわッ」

血飛沫《ちしぶき》をまき散らして、武士は畳の上に突っ伏した。

悲鳴を聞きつけたのか、廊下にあわただしい足音がひびいた。

と同時にがらりと襖が開いて、

「お、お夕！」

番頭の儀助や下男たちが、度肝をぬかれて立ちすくんだ。

髪をふり乱し、全身に返り血を浴びたお夕が、血刀を引っ下げたまま幽鬼のように突っ立っている。畳の上には、血だるまの武士が虫の息で転がっている。

「お夕……、き、気でも狂ったか！」

儀助がわめく。そのかたわらを、お夕は足早にすり抜け、一気に階段を駆け下りた。

「お、追え！　逃がすな！」

我に返って儀助が叫んだ。

突然、往来の人波がざざっと左右に割れて、地鳴りのようなどよめきがわき起こった。

血まみれのお夕が抜き身を引っ下げて一目散に走ってくる。

「足抜けだ！」

「逃がすな！」

「待ちやがれ！」

儀助たちが口々にわめきながら猛然と追ってくる。

路地のあちこちから、地回り風の男や牛太郎がとび出してくる。追手はたちまち十数人にふくれあがった。

飄客《ひょうかく》の群れをかき分け、立ちふさがる者を突き飛ばし、お夕は死に物狂いで逃げる。

一ノ鳥居を走り抜けて黒江町の小路にとび込んだ。

路地から路地へ、闇から闇へ、脱兎《だっと》のごとく走る。

大島町と中嶋町の間にかかる大島橋にさしかかったときである。

突然、行く手の闇に数人の人影がわき立った。お夕はハッと足をとめて闇に目をこらした。人影は、片桐藤十郎と鬼神組の浪人たちである。追手の足音を背中に聞きながら、

「どいて……、どいておくれよ！」

お夕が叫んだ。

「そうはいかん」

藤十郎がぎらりと刀を抜いた。

「気の毒だが、死んでもらおう」

「畜生！」

お夕が刀をふりかざして遮二無二斬り込んでゆく。

ずばっ。

藤十郎が刀を薙《な》ぎあげた。逆袈裟《ぎゃくげさ》の一刀である。一面に鮮血が飛び散り、お夕の体がぐらりと揺らいだ、と同時に、どぼんと水音が立った。

橋の下の水面に無数の血泡がわき立っている。

ややあって、無惨に頸《くび》を裂かれたお夕の死体が暗い川面にふわっと浮き上がった。

5

亥《い》の刻（午後十時）。

『風月庵』の囲炉裏のまわりに、探索から戻ってきたばかりの志乃と『四つ目屋』鬼八の姿があった。

「お夕が……！」

瞠目《どうもく》する幻十郎に、志乃が、

「表向きは、掘割に落ちて溺《おぼ》れ死んだことになっていますが……、実はその直前に、『大黒屋』の座敷で刃傷沙汰《にんじょうざた》がありましてね」

「刃傷沙汰？」

鬼八が訊き返す。

「掛川藩の江戸留守居役が斬り殺されたそうです……。『大黒屋』は、この事実をひた隠しに隠してますが、どうやら、その侍を斬ったのはお夕さんらしいんです」

「ほう」

幻十郎の眼が険しく光る。

「つまり、お夕は客を斬り殺したってわけか？」

「ええ、お座敷で何があったのかはわかりませんけど……、客を斬り殺すぐらいですから、よほどのことがあったんでしょうね」

志乃の言葉に同意するように、幻十郎は深く首肯した。

「お夕は岡場所に売られた女ではない。無理やり女郎にされたんだ」

「無理やり……、てえと？」

鬼八がけげんそうに訊くと、幻十郎はちょっと気まずそうな目で志乃の顔をちらりと見やり、

「誤解されると困るが、『大黒屋』に探りにいったとき、おれはお夕の裸を見た。いや、見せられた――」

「誰も誤解なんかしやせんがね、それがどうかしたんですかい？」

鬼八が笑いながら訊《たず》ねる。幻十郎は自分の内股のあたりを指して、

「ちょうど、このあたりに女郎蜘蛛の刺青が彫ってあった」

「刺青！」

「ドンド橋で土左衛門になった二人の女の刺青と彫り物の手筋がよく似てるんだ」

「つまり、お夕の刺青も捨松が彫ったものだと？」

「おそらくな」

刺青の図柄、筋彫りの線、そして、三人の刺青がいずれも女陰《ほと》のすぐ脇に彫られていたことなどから、まず捨松の仕事とみて間違いあるまい。

「これはおれの推量だが……」

と前置きして、幻十郎が次のような推論を組み立てた。

お夕をふくめ、死んだ三人の女は色里とは無縁の、ごく普通の町娘だったのではなかろうか。〝彫師くずれ〟の捨松は、そんな三人を言葉たくみに仕事場に誘い込み、体の自由を奪った上、無理やり刺青を彫ったに違いない。素人の娘にとって、肌に墨を入れられるということは、「堕落」の二文字を刻印されたも同然である。

「ましてや……」

幻十郎が囲炉裏の火を火箸《ひばし》でかき回しながら、

「三人が彫られたのは、蟹《かに》、蛇、女郎蜘蛛といった毒々しい刺青だ。しかも、親にも見せられぬような恥ずかしいところに彫り込まれたのだからな」

「そりゃこの先、女としてまっとうな暮らしはできねえでしょう」

鬼八が声を沈ませた。

捨松はその弱みにつけ込んで、三人の女を岡場所に売り飛ばしたのではなかろうか。

「ひどいことを……」

志乃が腹立たしげにつぶやく。

「いずれにしても、こいつは捨松ひとりの仕事じゃねえ。裏で糸を引いてるのは『大黒屋』だ。……鬼八」

「へい」

「捨松の行方はまだわからねえのか？」

「八方、手をつくして探してるんですが……」

申しわけなさそうに、鬼八が目を伏せた。

「もう深川にはいねえだろうな」

「え？」

「ほかの場所に身をひそめて、ほとぼりが冷めるのを待っているのかもしれねえ」

「わかりやした。もう少し手を広げて調べてみやしょう」

そこへ、智龍院に張り込んでいた歌次郎が、寒そうに肩をすぼめてもどってきた。

「おう、ご苦労……、どんな様子だ？」

「今のところ変わった動きはありません」

「そうか」

「寒かったでしょう。熱燗《あつかん》でもつけましょう」

と、志乃が厨《くりや》に去った。

「歌次、ひとまず智龍院のほうは引き揚げて、『大黒屋』に張り込んでもらいてえんだが……」

「大黒屋？」

「捨松と連絡《つなぎ》をとるために、そのうち必ず大黒屋の手の者が動き出す、その動きを追っていけば捨松の居所がつかめるはずだ」

「わかりました」

と、うなずいて、

「それにしても今夜は冷えますねえ」

歌次郎は囲炉裏の榾火《ほだび》に手をかざして、ぶるっと体を顫わせた。

ややあって、志乃が燗徳利と猪口《ちょく》を盆にのせて運んできた。

「さあさあ、話が一段落したところで、熱燗を一杯どうぞ」

と酒をつぐ。

久しぶりに四人の顔ぶれがそろい、座は一転して酒宴になった。

同じ頃。

飯田町の田沼邸の奥書院では、燭台《しょくだい》のかたわらで、田沼意正がひとり黙然と書見台の前に端座していた。が、書を読んでいる風情ではない。

宙に据えられた双眸《そうぼう》の奥には、燭台の灯が鬼火のようにゆらゆらと揺らいでいる。

（楽翁め……）

心の奥底で、田沼はまた同じ言葉をつぶやいた。

父・田沼意次を政権の座から追いやり、田沼一族を完膚《かんぷ》なきまでに叩きのめした楽翁＝松平定信は、政事の表舞台から身をひいた今もなお、田沼一族に根深い怨《うら》みと憎悪を抱き、隙《すき》あらば田沼意正の足元をすくおうと、虎視眈々《こしたんたん》とその機をうかがっている。

（あれも楽翁の密偵に相違あるまい）

例の「得体のしれぬ浪人」のことである。

過去にも何度か、楽翁の密偵とおぼしき浪人者に金儲《かねもう》けの謀計を阻止され、息のかかった吏僚や商人、あるいは腹心の部下たちが殺されている。

——何としても彼奴《あやつ》の正体を突きとめ、楽翁にひと泡吹かせてやらねば、腹の虫がおさまらぬ……。

と苛立つように膝を揺すっていると、

「殿……」

襖の外で低い声がした。

「兵藤《ひょうどう》、か？」

「はっ」

「入れ」

襖がすっと開いて、少壮の武士が入ってきた。額が広く、眉毛が薄い。眼はしわのように細く、見るからに陰険そうな顔つきの侍である。

名は兵藤隼人。若年寄配下の徒目付頭《かちめつけがしら》である。徒目付は江戸城内の宿直《とのい》警備、大名登城時の玄関取り締まりにあたるほか、隠密の探索をつとめることもあった。

「で、御用のおもむきと申しますのは？」

兵藤が探るような眼で田沼を見た。

「そちに折入って頼みがある……。内密の頼みだ」

声をおとして、田沼が膝をすすめた。

第四章　危機一髪

1

深川門前仲町は、いつもと変わらぬ賑《にぎ》わいを見せている。

提灯《ちょうちん》や軒行燈《あんどん》の明かりに彩《いろど》られた町並みの一角に、ひときわ大きな見世構えの茶屋があった。〝深川七福神〟のひとつ『大黒屋』である。

出入りする客は、微行頭巾《しのびずきん》をかぶった武士や僧侶《そうりょ》、恰幅《かっぷく》のよい商人ばかりで、ほかの見世にくらべると明らかに客筋がちがった。

『大黒屋』の斜め向かいに、間口二間ほどの小さな煮売り屋があった。

店内は、雑多な客で混んでいる。

酒の匂《にお》い、焼き魚のけむり、煮物の湯気、人いきれ、声高な話し声……。

混み合う店の一隅で、ひとり黙然と猪口をかたむけている遊び人ふうの男がいた。

時おり、その男は首をまわして、縄のれん越しにさり気なく『大黒屋』の様子をうかがっている。

遊び人に扮《ふん》した歌次郎である。

幻十郎に命じられて、『大黒屋』の周辺に張り込んでから二日がたっていたが、いまのところ変わった動きはなかった。

「お客さん、もう一杯いかがですか？」

店の親爺《おやじ》の声に、

「ああ、もらおうか」

と空の猪口を差し出したとき、『大黒屋』から足早に出てくる男の姿が、歌次郎の眼のすみによぎった。

番頭の儀助である。

「すまねえが、ちょいと用事を思い出したんで……」

と卓の上に酒代をおいて、歌次郎はひらりと店を出た。

人込みを縫って足早に儀助のあとを追う。

富岡八幡宮の大鳥居の前を右に折れると、ほどなく大島川に突きあたる。

川の向こう（南岸）の薄暗い町並みは、深川七場所のひとつ佃新地である。

儀助は、大島川に架かる蓬莱橋《ほうらいばし》を渡って佃新地に足をむけた。

佃新地は、享保《きょうほう》四年（一七一九）、時の町奉行・大岡越前守から佃島の漁師たちに助成地として下付された土地である。

この町の岡場所を、俚俗《りぞく》に「あひる」という。

『寛天見聞記』には、

「深川八幡の向こうなる佃町代地を『あひる』と名付けて、河岸通り裏町とも娼家《しょうか》軒を並べ、娼婦の衣装は更紗《さらさ》木綿に太織の緋鹿子《ひがのこ》など、すこし肩入れして裾《すそ》回しは黒木綿を用い、皆醜き姿なり。価昼六百文、夜四百文なるゆえ四六見世という」

と記されている。

深川の船頭の隠語では二百文を「ガア」といった。四百文は「ガアガア」で、あひるの鳴き声に似ているところから、四六見世の私娼を「あひる」と呼ぶようになり、やがてそれが地名になった——という説もある。

いかにも場末の淫売窟《いんばいくつ》といった感じの陰気で薄暗い娼家が軒をつらね、辻々の闇溜《やみだ》まりには、客待ちの〝あひる〟（私娼）たちが幽霊のように惘《ぼう》と突っ立っている。

路地をいくつか曲がりくねり、娼家の灯影が途絶えたあたりで足をとめると、儀助は四辺に用心深く目をくばり、とある家に足早に姿を消していった。

元は漁師の家だろうか。柿葺《こけらぶ》きの屋根、外壁は板張りで、窓は蔀戸《しとみど》——入堀沿いに建てられた、見るからに古ぼけた家である。

ややあって、付近の物陰から歌次郎がすっと姿をあらわし、儀助が姿を消した件《くだん》の家に音もなく忍び寄った。

板戸に身をよせて中の様子をうかがう。

低い男の声が聞こえてくる。

そっと首を伸ばして、板戸の節穴から部屋の中をのぞきこむ。

行燈の薄明かりの中で、儀助が不精髭《ぶしょうひげ》の男と何やら深刻な顔で話しこんでいる。

途切れとぎれに聞こえてくる二人のやりとりの中で、相手の男を「捨松さん」と呼ぶ儀助の声がはっきりと聞きとれた。

(間違いねえ)

そう確信すると、歌次郎は足音を忍ばせて素早くその場を立ち去った。

ゴーン、ゴーン……。

日本橋石町の時の鐘が五ツ(午後八時)を告げている。

堀留町の質屋『井筒屋』の離れで、志乃があわただしく身支度をしていた。

井筒屋伊兵衛のひとり娘・加代が、今夜、江戸城の奥向きに上がるという。その門出を祝う内輪の宴に招かれていたのである。

手ばやく身なりをととのえた志乃は、昼間、神田明神で買ってきた無病息災の守り袋を紙につつんで、『井筒屋』の母屋を訪ねた。

「あ、お志乃さん、すみませんねえ。わざわざ……、どうぞお上がりくださいまし」

女房のお兼が満面に笑みを泛《う》かべて、志乃を中へ招じ入れた。

奥の部屋では、紋付き羽織《はおり》袴《はかま》姿の伊兵衛と晴れ着に身をつつんだ加代が、何やら神妙な顔で座っていた。

前には豪華な料理を盛った春慶塗の蝶《ちょう》足膳《あしぜん》が四つ並んでいる。

「まあ、きれい……」

志乃は思わず息を飲んだ。

薄化粧をほどこし、花色辻模様の晴れ着をまとった加代は、見違えるほど美しく耀いている。

「いよいよ今夜、御殿からお迎えがくることに相なりました」

いつになく緊張の面持ちで伊兵衛が丁重に頭を下げ、

「大したおかまいも出来ませんが、娘の晴れの門出を祝ってやってくださいませ」

「お招きいただきましてありがとうございます……。お加代さん」

志乃が紙包みを差し出した。

「神田明神で買ってきたお守りです。躰《からだ》だけはくれぐれも大事にしてくださいね」

「ありがとうございます」

礼をいって、加代は屈託のない笑みを泛かべた。

「ささ、まずは一杯」

と、お兼が酒をつぎながら、

「それにしても、うちの娘が御殿奉公に召されるなんて、まだ信じられません。本当に夢のような話です」

うれしそうに顔をほころばせた。

娘と別れる寂しさより、御殿奉公という「栄誉」と「夢」をつかんだ喜びに、伊兵衛夫婦は興奮していた。

当の加代は、期待と不安の入り混じった複雑な面持ちで、色白の頬をほんのり桜色に染めている。

祝いの馳走《ちそう》に舌鼓を打ち、酒を酌み交わしながら、半刻（一時間）ほど談笑していると、

「ごめんくださいまし」

表で女の声がした。

「あ、お迎えが……」

お兼がいそいそと出ていった。

「では」

と伊兵衛が加代をうながして立ち上がる。

志乃は二人のあとに従《つ》いて表に出た。

玄関先に、立派な紅網代駕籠《べにあじろかご》が止まっている。

四人が表に出ると、奥女中らしき御高祖頭巾《おこそずきん》の女がうやうやしく頭を下げ、

「お迎えに上がりました。どうぞ」

と駕籠の戸を引き開けた。

加代は、伊兵衛とお兼、そして志乃に無言で頭を下げ、別離の辛さをふり切るように背を返して駕籠に乗り込んだ。

陸尺《ろくしやく》がおもむろに駕籠を担ぎあげる。

「お加代……」

お兼が一言、小さく声をかけた。その声が駕籠の中の加代に届くか届かぬうちに、駕籠はもう闇の中に溶け消えていった。

見送る伊兵衛とお兼の目にきらりと光るものがあった。

それを見て、志乃も、着物の袖《そで》でそっと目頭を拭《ぬぐ》った。


加代をのせた紅網代駕籠は、日本橋堀留町から大伝馬町を経由して柳原に出、そこから神田川沿いの道を西に向かって進んでゆく。

江戸城に向かう道筋としてはいささか遠回り——いや、明らかに別の方角に向かって駕

籠は進んでいた。

江戸城大奥の唯一の出入口は、平河御門である。

日本橋から平河御門に行くには、まず外濠《そとぼり》通りに出て、そこから西へ向かって一ツ橋御門を目指すのがいちばんの近道なのだが、奇妙なことに、加代をのせた駕籠はまったく逆の神田川沿いを牛込方面に向かって進んでいたのである。

2

そのころ、幻十郎は永代橋をわたって深川に向かっていた。

歌次郎から、捨松の隠れ家を突きとめたとの報告を受けて、すぐさま佃新地に足を向けたのである。

先日の一件で面が割れているので、用心のために黒漆の塗笠をまぶかにかぶり、着物も無紋の黒木綿から三つ紋の鉄紺色の羽二重《はぶたえ》に着替えてきた。御家人ふうの身なりである。

門前仲町の繁華な通りを足早に通りぬけ、富岡八幡宮の大鳥居の前を右に折れて蓬萊橋をわたる。

一歩、佃新地に足を踏み入れたとたん、路地の暗がりから白塗りの〝あひる〟たちが、ばらばらと飛び出してきて、

「お侍さん、遊んでいきなよ」

「安くしとくからさ」

「四百だよ、四百」

口々にわめきながら幻十郎を取り囲んだ。

「遊びに来たんじゃねえ。どいてくれ」

群がる〝あひる〟を押しのけて、幻十郎は大股《おおまた》に立ち去った。

「ふん、何さ」

「〝あひる〟も抱けない貧乏御家人かい」

「文無しがこんなところをうろうろするんじゃないよ」

毒づく〝あひる〟たちの甲高い声を背中に聞きながら、陰気で薄暗い私娼窟を足早に通りぬけると、前方の闇の中に、今にもひしげそうな柿葺《こけらぶ》きの陋屋《ろうおく》が見えた。

（あの家か……）

歌次郎が探しあてた捨松の隠れ家である。

板戸の節穴からかすかに明かりが漏れている。

幻十郎は足音を忍ばせて戸口に歩み寄り、屋内の気配をうかがった。

寂《せき》として物音ひとつ聞こえてこない。

（留守か……）

そっと板戸に手をかけて引いてみた。かすかな軋《きし》み音をたてて戸が開いた。

油断なく刀の柄頭に右手をかけ、戸の間からするりと中へ躰をすべり込ませる。

三和土《たたき》のすぐ向こうが上がり框《かまち》になっていた。框に足をかけて、正面の破れ障子を一気に引き開けた。

六畳ほどの部屋である。

行燈がほの暗い明かりを灯している。

人の気配はない。

雪駄《せった》ばきのまま部屋に上がり込み、奥の部屋の襖《ふすま》を引き開けた。そこも無人である。

敷きっぱなしの蒲団《ふとん》のかたわらに空の貧乏徳利が三、四本ころがっている。行燈の灯がつけっぱなしになっているところを見ると、そう遠くへ出掛けたとは思えない。

(近所に買い物にでも行ったか……)

踵《きびす》を返そうとした、そのとき――、
がたんっ！

戸口で大きな物音がした。

幻十郎は反射的に身をひるがえして、三和土に飛び出した。

板戸が閉まっている。

渾身《こんしん》の力を込めて引いてみたが、戸は頑として開かない。何者かが表から戸締めの細工をしたようだ。

すかさず翻転して裏口に飛び、木戸を押した——が、開かない。

東側に蔀窓《しとみまど》があった。押してみたが、これもびくともしない。どうやらこの窓は初めから釘付けにされていたようだ。

（あっ）

幻十郎が思わず息を飲んだ。

突然、四囲の板壁の隙間《すきま》から、黒煙が流れ込んできた。

何者かが家に火を放ったのである。たちまち部屋の中に黒煙が充満した。幻十郎は激しく咳《せ》き込みながら、必死に脱出口を探した。

一方、家の外では——、
黒ずくめの四人の侍が松明《たいまつ》をかざして家の周囲に火をかけていた。目付・兵藤隼人の配下の御小人《おこびと》目付たちである。

御小人目付は、御目見《おめみえ》以下の者たちを監察糾弾する「隠密」のような役目である。十五俵一人扶持の御譜代席で、徒《かち》目付の下に百人ほど配されていた。

あちこちから猛然と火の手が噴きあがる。めらめらと板壁を舐《な》めた炎の舌は、やがて巨大な火柱となって陋屋をつつみ込んでゆく。

四人の侍が、いっせいに抜刀して家のまわりを取り囲んだ。

炎の中から幻十郎が飛び出してくるのを待ち受け、その場で斬《き》り捨てる構えである。

漆黒の夜空を焦がすように、轟然《ごうぜん》と火柱が噴きあがり、無数の火の粉が舞い散った。

ゴーッ！

すさまじい炎と黒煙、そして肌を焼くような熱風が逆巻き、やがて柿葺きの陋屋は、断末魔の叫びにも似た轟音を発して、身悶《みもだ》えするように燃え崩れていった。

黒ずくめの侍たちが四方から駆け寄り、

「首尾は？」

「鼠《ねずみ》一匹、出て来なかったぞ」

「まず助かる見込みはあるまい」

「よし、引き揚げよう」

と、ひとりが背を返した瞬間、

「あっ」

釘を打たれたように立ちすくんだ。

いつの間にか四人の背後に、ずぶ濡《ぬ》れの男が仁王立ちしていた。

「き、貴様は……！」

「死神だ」

男が低く応えた。幻十郎である。

塗笠はかぶっていない。伸びた月代《さかやき》が水に濡れて顔の左右に垂れ下がっている。額に二筋の太い傷痕《きずあと》、その傷に引きつられて両眉と両眼がつり上がり、ぞっとするほど凄愴《せいそう》な面貌《めんぼう》をしている。まさに悪鬼羅刹《らせつ》の形相である。

「お、おのれ！」

四人が猛然と斬りかかってきた。

刹那、幻十郎はすっと躰を沈め、抜き打ちざまに正面のひとりを下から薙《な》ぎあげた。と同時に、横っ跳びに躰をかわし、もう一人を上段から真っ向唐竹割りに斬り伏せた。

残りのふたりが左右に跳んだ。

幻十郎は刀を逆手にもって右半身に構えた。右からの攻撃には刺突の剣、左の攻撃には逆袈裟《ぎゃくげさ》の一刀――いずれにも即座に対応できる構えである。

左方の侍が動いた。

と見た瞬間、幻十郎の躰が右に半回転し、逆手に持った刀が斜め上に奔った。瞬息の逆袈裟である。一面に血煙がしぶき、侍の腕が刀をにぎったまま宙に舞った。

最後のひとりが度肝をぬかれて立ちすくんだ一瞬の隙に、幻十郎は逆手に持った刀でその侍の脾腹《ひばら》を串刺《くしざ》しにしていた。

「ぐえッ」

奇声を発して転倒する侍を尻目に、刀の血しずくをふり払って鞘《さや》に収めるや、幻十郎は何事もなかったかのように平然とその場を立ち去った。

――われながら悪運の強い男だ……。

永代橋を渡りながら、幻十郎はふっと苦笑を泛《う》かべた。

陋屋に閉じ込められ、家のまわりに火をかけられたとき、幻十郎は、その家が入堀（運河）に面した漁師の家であることに気づいた。板壁にしみ込んだ潮の匂いとかすかな水音で瞬間的にそう判断したのである。

床板を外してみると、案の定、床下に幅四尺（約一・二メートル）ほどの小さな水路があった。幻十郎がその水路に身を投じるのと、部屋の中に猛炎が噴き込んでくるのと、ほとんど同時であった。まさに危機一髪の脱出である。

水路は家の裏手の入堀につながっていた。

幻十郎は岸に這《は》いあがると、ずぶ濡れのまま、すぐさま陋屋にとって返し、焼け崩れる家の前で首尾を確認し合っている四人の侍の背後に立った――これが寸刻前の脱出劇の一部始終である。

あの四人が、若年寄・田辺意正の配下の手の者であることは言を俟《ま》つまでもあるまい。

――それにしても……。

ふと疑念がよぎった。

連中はなぜ、幻十郎があの家に行くことを知っていたのか？

深川に足を踏み入れたときから四人に跟《つ》けられていたのか？　それとも歌次郎がつかんできた情報そのものが、幻十郎をあの陋屋におびき出すための罠《わな》だったのか？

あれこれと思案をめぐらせているうちに、気がついたら行徳河岸を歩いていた。ここから牡蠣殻町は目と鼻の先である。

前方にぽつんと提灯の明かりが泛かんだ。

幻十郎は足をとめて闇に目をこらした。

「旦那……」

歌次郎がぶら提灯を下げて小走りにやってくる。

「歌次、か」

「旦那の帰りが遅いんで……」と言いかけて、歌次郎は思わず息を飲んだ。ずぶ濡れの幻十郎の姿に肝をつぶしたのである。

「ど、どうなすったんですか、その恰好は……！」

「公儀の手の者に勘づかれた」

「ええっ」

「詳しい話はあとでゆっくり聞かせてやる。それより躰の芯まで冷え切っちまった。風呂は沸いてるのか？」

「へえ……。お志乃さんが心配して訪ねて来ましたよ」

「そうか」

3

『風月庵』にもどると、幻十郎はまず真っ先に風呂を浴びた。

その間に、志乃が酒の支度をととのえて待っていた。

風呂を浴びて着替えをすませると、幻十郎は囲炉裏端に腰を下ろし、志乃の酌を受けながら、つい先刻の事件の終始を語って聞かせた。

話を聞きおえた歌次郎が、

「ひょっとしたら、あっしが……」

儀助のあとを追って捨松の家を突きとめたときに、すでに一味に勘づかれていたのかもしれない、といって申しわけなさそうに目を伏せた。

「いや、お前さんのせいじゃねえさ。うかつに踏み込んだおれが悪かったんだ」

幻十郎が慰撫《いぶ》するようにいう。

「でも……、無事でようございました。一つ間違っていたら、いまごろ旦那は蒸し焼きにされていたかもしれませんからねえ」

本当に無事でよかった、と志乃は安堵《あんど》の笑みを泛かべた。

「捨松の身辺には公儀の手の者の目が光っている。しばらく奴には近寄らねえほうがいいだろう」

「けど……」

歌次郎が困惑げに眉をよせて、

「そうなると、ほかに攻め手がありませんね」

「うむ」

結果的に、幻十郎は二度の失敗を犯したことになる。一度目は、お夕に接近しようとして『大黒屋』の手の者に勘づかれたこと。そして二度目は今夜の一件である。

歌次郎のいう通り、これで完全に探索の糸が切れてしまった。

「こうなったら根くらべだ。やつらが尻尾《しっぽ》を出すまでじっくり待つさ」

気を取り直して、幻十郎は猪口の酒をぐびりとあおった。

「あ、そうそう……」

志乃が酌をしながら、思い出したように、

「井筒屋の娘さん、今夜御殿に上がりましたよ」

「ほう」

「ご両親は、娘の晴れの門出だといってよろこんでましたけど……、ねえ旦那」

「うん？」

「大奥の御女中って、親に会いたくなったらいつでも宿下がりができるんですか？」

「いや、そう簡単に親元に帰ることはできぬ。もちろん手紙のやりとりも御法度《ごはっと》だ」

「じゃ、当分、お加代さんの様子はわかりませんねえ」

「鬼八に頼んでみたらどうだ？　やつの店には大奥の下働きの侍が出入りしている」

宇津木六兵衛のことである。

「その侍に頼めば、娘の消息ぐらいはわかるだろう」

「そう……」

と、うなずいて、志乃が遠くを見るような目でつぶやいた。

「いまごろ、どうしているかしら、お加代さん――」

ゴーン、ゴーン……。

石町の鐘が鳴りはじめた。

九ツ（午前零時）の鐘である。加代をのせた紅網代駕籠が堀留の『井筒屋』を発って、すでに二刻半（五時間）余がたっていた。

燭台《しよくだい》の百目《ひやくめ》蠟燭《ろうそく》の明かりが妖《あや》しげに揺らいでいる。

冷たく黒光りする板敷きに、白綸子《りんず》の襦袢《じゆばん》姿の女が両手足をしばられ、猿ぐつわを咬《か》まされた蓑虫《みのむし》のように転がされている。

女は、なんと御殿奉公に上がったはずの加代であった。

そこは智龍院本堂の内陣の一室である。

「うっ、ううう……」

苦しげにうめきながら、加代は必死に躰をくねらせ、いましめから逃れようとするのだが、もがけばもがくほど、両手足に巻きついた麻縄が柔肌に食い込んでくる。

がらり。遣戸《やりど》が開いて、板敷きに二つの影が差した。

はっ、と顔をあげた加代の目に、白の修行着をまとった二人の男の姿がとび込んできた。

ひとりは智龍院の住職・天海、もうひとりは修験僧の〝一ノ坊〟である。

天海がずかずかと床板を踏み鳴らして、加代のもとに歩み寄り、

「ふふふ……」

淫猥《いんわい》な笑みをきざんで、身をくねらせる加代の肢体に粘りつくような視線を這《は》わせた。

「こいつはとびきりの上玉だ。一ノ坊、襦袢を引き剝《は》がせ」

「はっ」

と、かがみ込んで加代の上体を抱え起こし、荒々しく白綸子の襦袢を引き剝がす。白い、ゆたかな乳房があらわにこぼれ出る。

天海が片膝をついて両手を乳房にあてがい、感触を楽しむように揉《も》みしだく。

「足のいましめを解いてやれ」

「はっ」

加代の躰を床に横たえると、一ノ坊は下半身に回り込んで、両足首に巻きつけられた麻縄をほどきはじめた。

天海は加代の乳房を揉みしだきながら、舌先で乳首を愛撫している。

「う、うう……」

上体を弓なりにのけぞらせて、加代があえぐ。

一ノ坊が両足のいましめを解く。白羽二重の腰巻きがはらりと散って、肉づきのいい太股《ふともも》がむき出しになる。天海の手が内股にすべりこむ。白磁のようにきめの細かい艶やかな肌である。

腰紐《こしひも》を解いて白羽二重の腰巻きを一気に引きはがす。

一糸まとわぬ加代の裸身が、百目蠟燭のほの暗い明かりの中に、白い耀きをはなって浮きたった。股間《こかん》に茂る一叢《ひとむら》の秘毛が、肌の白さゆえに、ことさら黒々と淫靡《いんび》に映る。

天海は、乳房を口にふくみながら、一方の手で下腹をなでおろす。

ふっくらと盛り上がった恥丘、やや濃いめの秘毛、その下に薄桃色の切れ目がある。指先に小さな肉芽がふれた。

(あっ)

加代の躰がぴくんと敏感に反応した。天海の指が肉ひだを押しわけて、花芯の奥へと侵入してゆく。

「う、うっう……」

かぶりを振りながら、加代が激しく身をくねらせる。二本の指が容赦なく秘所を責める。じわりと露がにじみ出てくる。

「ふふふ、濡れてきおったぞ」

つぶやきながら、天海は上半身を起こして白の修行着を脱ぎ捨て、下帯を解いた。猛々しくいきり立った一物がとび出す。天海はそれを指でつまんで加代の秘所に押しつけ、尖端で切れ目をなでおろす。ほどよく湿っている。ずぶりと突き刺す。

「うッ！」

声にならぬ叫びをあげて、加代がのけぞった。

天海は加代の下肢を高々と持ちあげて両肩にかけ、激しく腰を律動させる。

あ、ああ……。猿ぐつわの下から加代のあえぎ声が漏れる。

いつの間にか、下帯ひとつになった一ノ坊が媾合《まぐわ》うふたりの姿を、冷めた眼でじっと見ている。

「おっ、おう！」

天海がおめきを発して果てた。その下で四肢を弛緩《しかん》させた加代が、死んだようにぐったりと仰臥《ぎょうが》している。

天海は萎《な》えた一物を加代の秘所から引きぬくと、

「一ノ坊、お前も楽しめ」

「はっ」

と一礼して、一ノ坊が下帯をはずした。中の一物はすでに隆々と屹立《きつりつ》している。弛緩した加代の下肢をグイと押しひろげ、いきなり一物を挿入した。

激しく責められながらも、加代はもう何の反応も示さなかった。何かに憑《つ》かれたように、うつろな目で宙の一点を見据えている。

4

気がつくと、加代は別室にいた。

四方を板壁で囲まれた六畳ほどの部屋である。部屋の真ん中に太い柱がある。その柱に加代は全裸でしばられていた。

窓ひとつない密室である。短檠《たんけい》のかぼそい明かりが頼りなげに揺らいでいる。

天海と一ノ坊の「責め」から解放された瞬間、下腹に鈍い疼痛《とうつう》を感じたが、いまはその痛みさえ感じぬほど下肢が麻痺《まひ》していた。

加代は生娘《きむすめ》だった。ふたりの男に力ずくで凌 辱《りようじよく》された衝撃は、肉体に受けた苦痛以上に加代の心をずたずたに踏みにじった。

うつろに宙を見つめる加代の目には、一縷《いちる》の光も映らない。ただ絶望の闇だけである。

――いっそ舌をかみ切って死んでしまおうか……。

と思ったが、猿ぐつわを咬まされているので、それさえもままならなかった。

ギイッ……。

きしみ音を発して、正面の潜り戸が開き、手燭を持った一ノ坊が髭面の男を案内して入ってきた。

「じゃ、頼んだぞ」

いいおいて、一ノ坊はすぐに出ていった。「へい」と応えたのは彫師の捨松である。

潜《くぐ》り戸が閉まると、捨松は、全裸でしばられている加代に卑猥な一瞥《いちべつ》をくれて、

「なるほど、こいつは上玉だ……」

ぼそりとつぶやいて、小脇にかかえた風呂敷包みをおもむろに披《ひら》いた。中身は刺青の墨と針、そして「蝙蝠《こうもり》」の図柄の下絵である。

「さて」

捨松は加代の前に座りこみ、片手で内股を撫でながら、

「いい肌をしてるじゃねえか。彫り物を入れるのがもったいねえぐらいだぜ」

と、いいつつ刺青針をとって、加代の内股に墨を入れはじめた。

するどい針先が容赦なく加代の柔肌を責めたてる。針が突き刺さるたびに加代は身をよじって苦悶する。

白い肌に点々と噴き出る血を手拭《てぬぐ》いでふきとり、捨松は黙々と針を刺しこむ。

針の痛みに耐えかねて、加代は意識を失った……。

作業をはじめて一刻（二時間）ほどが経過した。

「よし」

と満足げにうなずいて、捨松が立ち上がった。

抜けるように白い加代の内股に、「蝙蝠」の刺青が毒々しく浮かびあがっている。

それは羽根をひろげた蝙蝠が、まさに加代の秘孔から飛び立つがごとき、卑猥きわまりない図柄であった。

「おわったぜ」

その声で、加代は意識を取り戻した。

「われながら上出来だ。自分の目でたしかめてみたらどうだい？」

恐る恐る下腹に視線を落とした加代は、ひと目その刺青を見るなり、激しい衝撃をうけて目をそらした。

「ふふふ、これでもう、おめえの将来《ゆくすえ》は決まったようなもんだ。せいぜいみんなに可愛がってもらうんだな」

というや、捨松は風呂敷に包んで、うっそりと部屋を出ていった。

ばたん、と潜り戸が閉まる。

加代は絶望的に目を閉じた。長い睫毛《まつげ》の間からとめどなく涙がこぼれ落ちる。


翌日の午下《ひる》がり——。

五人の供侍を従えた大名駕籠が、何やら緊迫した雰囲気をただよわせて、智龍院の山門をくぐっていった。駕籠を先導しているのは、徒目付頭の兵藤隼人である。

須臾《しゅゆ》の後、方丈の一室に肩衣《かたぎぬ》・袴姿の田沼意正と兵藤の姿があった。下城の途次、この寺に立ち寄ったのであろう。

前には、天海と中野播磨守が神妙な顔で端座していた。

「御小人目付衆が！」

瞠目《どうもく》する播磨守へ、田沼が苦々しく顔をゆがめ、

「手練《てだれ》の四人、ことごとく斬られた」

「ま、まことでございますか！」

天海が息を飲んだ。田沼の言葉を受けて、兵藤が、

「楽翁の密偵を罠《わな》にはめるために、大黒屋の儀助と組んで一芝居打ったのだが……」

面目なさそうにうつむいた。

儀助を捨松の隠れ家に向かわせたのは、楽翁の密偵にそれを目撃させるために、兵藤が仕組んだ巧妙な罠だったのである。

案の定、獲物は罠にかかったのだが……。

「すんでのところで取り逃がし、逆に四人の手の者が斬られ申した」

「………」

一瞬、重苦しい沈黙が座を領した。

「播磨どの」

田沼がおもむろに口を開く。

「しばらく、例の商いは差し控えたほうがよいぞ」

「はっ」

と、かしこまる播磨守のかたわらで、天海がためらうように、

「じつは今夜、玉競りが行われることになっておりまして」

「今夜？……玉がそろったのか」

「はい。それを最後に、しばらく差し控えたいと存じます」

うむ、と田沼が不承不承うなずき、

「ところで天海」

「は」

「将軍家御祈禱所《ごきとうしょ》取り扱いの件だが、御老中・水野出羽守さまを動かすには、あと二、三百両の金子《きんす》がいる。できれば一両日中にととのえてもらいたいのだが……」

「承知つかまつりました」

「では、人目につかぬうちに――」

と立ち上がり、

「よいな、くれぐれも油断はならんぞ」

いいおいて、兵藤とともに傲然《ごうぜん》と部屋を出ていった。

播磨守がふと思い直すように、

「のう、天海どの」

「はあ」

「そろそろ、このへんで禍いの芽は摘み取っておいたほうがよいやもしれぬぞ」

「禍いの芽……、と申されますと？」

けげんそうに見返す天海に、播磨守はちらりと四辺の気配をうかがいながら、

「わしらの企てを知悉《ちしつ》しておる者だ」

「なるほど」

得心がいったという顔で、天海がぎらりと目を光らせた。

「わかりました。さっそく大黒屋にその旨伝えましょう」

本所回向院の裏手に、南北に伸びる細長い町屋がある。

松坂町――赤穂浪士の討ち入りで知られる吉良上野介の屋敷跡地である。

その町の北はずれに小ぢんまりとした仕舞屋があった。彫師捨松にあてがわれた新しい住まいである。

「もう、捨さんたら……」

女が鼻をならしながら、捨松の首になよやかな腕をからめた。

歳のころは二十三、四。肉感的な婀娜《あだ》っぽい女である。

名は、おとよ。捨松の情婦である。

「てっきり、お前さんに棄てられちまったかと思ったよ」

捨松の首すじに唇をはわせながら、おとよが恨みがましくいう。

「仕方がねえさ。おれは追われてるんだ」

「何か悪いことでも仕出かしたのかい」

「おれは何もしちゃいねえ。ただ……」

「ただ？……」

「おっと、いけねえ、いけねえ。うっかりしゃべったらこれもんだぜ」

と首を切る手真似をして、

「それより、おとよ。久しぶりに逢《あ》ったんだ。ゆっくり楽しもうぜ」

おとよの身体を引きよせて畳の上に押し倒した。

鬼八に浅草聖天町の家を突きとめられてから、捨松は大黒屋の儀助の指示で、あちこちを転々としてきた。最後に移った佃新地の貸家も、楽翁の密偵をおびき出すための罠として使われ、儀助の指示で、昨夜、あわただしく本所松坂町のこの家に家移りしてきたのである。

――これでようやく腰を落ちつけることができる。

そう思って、情婦のおとよを浅草からこの家に呼び寄せたのだ。

「これからずっと……ずっと、ここで一緒に……暮らせるんだね……」

捨松の愛撫にあえぎながら、おとよがいう。

「ああ、もう二度と離しゃしねえさ」

捨松はむさぼるようにおとよの乳房を吸った。すでにふたりは全裸である。

おとよがぐりっと身体をひねって、捨松の下腹に顔をうずめ、屹立した一物を愛しげに

口にふくむ。捨松の指がおとよのむっちりとした臀の間にすべり込み、秘所を愛撫する。

「あ、ああ、いい……、いい……」

「お、おれもだ」

両手でおとよの臀を抱えあげ、膝の上にのせる。そそり立った一物がおとよの花芯に垂直に突き差さる。

「あ、あっーッ」

おとよが悲鳴のような声を発して、臀をふり回す。

ギイ……。

表で引き戸を引き開けるかすかな音がした。忘我の境地で媾合《まぐわ》うふたりの耳に、その音は届かなかった。

すっ、と音もなく襖《ふすま》が開いた。

ふたりはまだ気づかない。

おとよを膝抱きにしたまま、激しく腰を動かしている捨松の背後に、うっそりと影が立った。

「あっ」

おとよがようやく気づいて小さな悲鳴をあげた。その声も、捨松の耳には喜悦の声としか聞こえない。激しく腰を動かしながら、おとよの豊満な乳房をむさぼっている。

しゃっ。

影が刀を鞘走った。次の瞬間、捨松の背中にぐさりと切っ先が突き立った。

「わッ」

叫声を発してのけぞる捨松の背に、刀は鍔元《つばもと》まで突き刺さり、貫通した切っ先がおとよの胸を貫いた。

影が刀を引き抜くと、捨松とおとよは抱き合ったまま、ごろんと横転した。創口《きずぐち》からおびただしい血しぶきが噴き出し、畳一面があっという間に血の海と化した。

懐紙で刀の血を拭いとって鞘におさめると、影は悠然と背を返して部屋を出ていった。

鬼神組の領袖《りゆうしゆう》・片桐藤十郎である。

5

歌次郎が夕餉《ゆうげ》の支度をしていると、

「ごめん」

と嗄《しやが》れた声がして、市田孫兵衛が入ってきた。

「あ、市田さま」

「おう、寒い、寒い」

肩をすぼめて板間にあがると、孫兵衛は囲炉裏の前にどかりと腰をおろして、榾火《ほだび》に手をかざした。

奥の襖が開いて、幻十郎が入ってきた。

「孫兵衛どの、何か急用でも？」

「いや、なに……、中屋敷にちょいと用事があってな」

孫兵衛がとぼけ顔でいった。中屋敷とは、楽翁の嫡男・松平定永を当主とする伊勢桑名十一万石の中屋敷のことである。『風月庵』から指呼《しこ》の距離にあった。

「茶でもいれましょうか……、それとも酒にしますか？」

「茶でよい」

孫兵衛がそう応えると、歌次郎がすかさず囲炉裏の鉄瓶《てつびん》の湯を急須についで茶をいれた。

裏手の雑木林がざわざわと騒いでいる。

風が出てきたようだ。

歌次郎がいれた茶を、ふうふう吹きながら一口すすりあげ、

「もう秋も終わりじゃのう」

孫兵衛がいつになく感傷的な面持ちでつぶやいた。

「早いものですな。孫兵衛どのとの付き合いも、もう一年半余になります」

「ふむ、その一年半の間に、おぬしもすっかり変わった」

「どう変わりました？」

「近頃、角がとれて丸くなったようじゃ」

幻十郎はふっと苦笑を泛かべた。

「開き直ったからでしょう」

「それでよい……。人というものは、生まれたときからそれぞれに天から与えられた運命《さだめ》というものがある。どうあがいても、おのれの力では変えられぬ運命というものがな」

「………」

「おぬしとわしとの……、いや、おぬしと楽翁さまとの関わりは、天が与えてくれた運命だったのじゃ」

「一つ、お断りしておきますが」

「何じゃ」

「楽翁さまに命を拾っていただいたことは事実です。恩義も感じております。だが、わたしは楽翁さまの家来ではない。楽翁さまと主従の関係をむすんだおぼえも――」

「わかった、わかった。みなまで申すな」

と孫兵衛は手をふって、気を取り直すように、

「ところで、仕事のほうはどうなっておる？」

「動き出しましたよ、田沼の手の者が」

幻十郎は、昨夜の出来事の一部始終を孫兵衛に話した。

「なるほど……」

孫兵衛の顔が険しく曇った。

「つまり……、おぬしに探られては困る何かがある、ということじゃな？」

「彫師の捨松と大黒屋、その大黒屋と智龍院の天海、さらには御中臈《おちゅうろう》お美津の方と若年寄・田沼意正……。この五人がどこでどうつながり、何を企んでいるのか？——」

そこのところがまだ見えて来ない。

「一つ、言えるのは……」

めらめらと燃え立つ榾火に目をすえながら、孫兵衛が嗄れた声でいう。

「金がらみであろう」

「金がらみ？」

「田沼は『智龍院』を将軍家御祈禱所取り扱いにすべく、あれこれと裏工作をしておるようじゃが、寺社奉行の脇坂淡路守どのが、頑としてこれを受け入れぬ。そこで田沼は老中・水野出羽守を動かして、上さま（十一代将軍・家斉）のご承認を得ようと画策しているらしい。田沼がこれほどまでに、『智龍院』に肩入れするということは、すなわち……」

『智龍院』天海から田沼意正にかなりの金が渡っている——と見てまず間違いあるまい、と孫兵衛はいいきった。

「とにかく、〝仕事〟を急いでくれ。脇坂淡路守どのは、たった一人で田沼の陰謀に抵抗しておられる。老中水野出羽守が動き出せば、淡路守どののお立場も危うくなる。それまでに何としても田沼の陰謀を叩きつぶさなければならぬ」

「はあ」

とうなずいて、幻十郎は考えこんだ。

問題は、その金の出所である。

老中水野出羽守を動かすには、巨額の金が要るはずである。深川七場所の運上金だけではとてもまかないきれまい。

天海はどのようにして多額の金を工面しているのか？

『智龍院』の内部にはどのような錬金術のからくりがひそんでいるのか？

――まずその謎を突きとめなければなるまい。

と、突然、がらりと土間の戸が引きあけられ、

「旦那！」

飛びこんできた鬼八が、孫兵衛の姿に気づいて、一瞬、気まずそうに立ちすくんだ。

「あ、市田さま……」

「どうした？」

幻十郎がふり向いた。

「へい、じつは――」

口ごもりながら、鬼八は草履をぬいで板間にあがってきた。

「捨松が殺されやした」

「なにっ」

「情婦《おんな》もろとも串刺しにされやして……、見るも無惨な姿だったそうで——」

「消されたか……」

幻十郎が暗澹《あんたん》とつぶやく。

「田沼の手の者の仕業かもしれんぞ」

孫兵衛がそういうと、

「いえ」

と鬼八が首をふって、

「事件が起きた直後、近所のかみさんが捨松の家からふらりと出ていく浪人者の姿を見かけたそうで」

「浪人者?」

幻十郎の目がするどく光った。

——ひょっとすると……。

数日前の夜、幻十郎を襲った浪人どもの仲間かもしれぬ。とすれば、捨松殺しの一件に大黒屋がからんでいる可能性がある。

「幻十郎」

孫兵衛が眉宇《びう》をよせて幻十郎を見た。

「いよいよ急がなければならんぞ」

いいおいて腰をあげ、

「邪魔したの。また寄らせてもらう」

のっそりと出ていった。

それを見送って、幻十郎が、鬼八に視線を向けた。

「志乃はどうしている？」

「へい。『仙女香』の行商をしながら、大黒屋の周辺を探っておりやす」

「すぐにやめさせろ」

「え？」

「大黒屋は悪事にかかわった者を消しにかかっている。危険だ。すぐ切りあげろと、志乃に伝えてくれ」

「承知しやした」

鬼八はひらりと出ていった。

第五章　玉競り

1

二更——亥の刻（午後十時）。

漆黒の闇《やみ》の底に、寺院の伽藍《がらん》や堂宇の甍《いらか》が黒々と影をつらねている。

牛込七軒寺町である。

人影の絶えた道には、青白い月明かりが寒々と返照し、ときおり、路傍に散り積もった朽葉がかさかさと音を立てて風に舞う。

市谷八幡の時の鐘が鳴りおえたときであった。

浪人風情を供に従えた町駕籠《かご》が一挺《ちょう》、闇の中から忽然《こつぜん》とあらわれ、智龍院の門内に足早に消えていった。駕籠のわきについている浪人のひとりは、鬼神組の片桐藤十郎である。

それから四半刻もたたぬうちに、また別の町駕籠がふたりの浪人を従えて山門の中に消えていった。

またしばらくして、町駕籠が一挺、闇の中から忽然とあらわれ、忽然と智龍院の門内に消えていった。

この夜、智龍院の山門をくぐった町駕籠は全部で七挺であった。

寸刻後。

本堂内陣の大広間に、七人の男たちが列座していた。深川七場所の顔役たち――大黒屋庄兵衛以下「深川七福神《しゅこう》」の面々である。

一座の前には酒肴の膳部《ぜんぶ》がしつらえられ、若い修行僧がかしずくように七人に酌をして回っている。

上座には、金襴《きんらん》の法衣をまとった天海と、肩衣《かたぎぬ》袴《はかま》姿の中野播磨守正武、そのかたわらに美麗な打掛姿の中臈《ちゅうろう》・お美津の方が居並んでいる。

ひとしきり座が盛り上がったところで、

「では」

天海が盃を膳におき、

「これより恒例の玉競《たまぜ》りを始めることにいたそう」

といって、パンパンと手を打った。

それを合図に、右奥の遣戸《やりど》がしずかに開いて、白の修行着をまとった巨漢がのっそりと歩み出て一礼した。一ノ坊である。

「玉の一番！」

野太い声を発して一ノ坊がぐいと麻縄を引くと、後ろ手にしばられた半裸の娘が隣室からよろめくように飛び出してきた。

歳のころは二十歳《はたち》前後、腰の物をまとっただけで上半身はむき出しである。小柄な身体に似合わず乳房は大きい。

一ノ坊が縄尻をとって、半裸の娘を一座の前に引き出す。「七福神」たちが身をのり出して、

「ほほう」

「これはよい」

「具合もよさそうじゃな」

娘の裸身にねぶるような視線を這《は》わせ、口々につぶやく。

と、一ノ坊がいきなり娘の腰のものを剝《は》ぎとった。下半身があらわになる。薄い秘毛のかたわらに黒々と「蜴《とかげ》」の刺青が彫り込んである。

「おう！」

土橋の『恵比須屋』作右衛門が感嘆の声をあげる。

「十両！」

隣に座っていた新地の『毘沙門屋』が、すかさず値をつけた。

「十五両！」

櫓下《やぐらした》の『福禄屋』が競りかける。

負けじと『恵比須屋』が値をつりあげ、座はしだいに熱気をおびてくる。

〃玉競り〃とは、この「女体市場」のことだった。

入り乱れる競り声を最後に制したのは、常磐町の『布袋屋《ほてい》』仙右衛門だった。

「五十両！」

その声に、一瞬、水を打ったように座が静まった。まったく競り声がかからない。

播磨守がぎろっと一座を見回し、

「ほかにござらんか？」

と競りをうながす。

が、寂《せき》として声はない。

「では、『玉の一番』は五十両で布袋屋に――」

天海が落札を告げる。

競り落とした仙右衛門が上座に膝行《しっこう》し、お美津の方の膝前におかれた三方《さんぽう》にうやうやしく金包みをのせる。

次に「玉の二番」が引き出される。

三者で競り合ったすえに、佃新地の『寿老屋』が三十五両でこれを競り落とした。

さらに「玉の三番」「玉の四番」と、次々に娘たちが競りにかけられ、最後に一座の前に引き出されたのは、加代であった。

「本日の目玉だ。とくと見るがよい」

と天海が顎《あご》をしゃくる。

「来い」

一ノ坊が縄尻を曳《ひ》いて、半裸の加代を一座の前に引き出す。「七福神」たちは、ごくりと生つばを飲みこみ、身を乗り出して加代の裸身に視線をそそぐ。

「色が白いのう」

『恵比須屋』が目をほそめる。

「肌のきめも細かい」

『毘沙門屋』が無遠慮に加代の乳房を撫《な》でまわす。

「これは上玉だ」

「売り物にするのが惜しいぐらいですよ」

「下も見せてもらえませんかねえ」

石場《いしば》の『弁財屋』平助が、卑猥《ひわい》な笑みを泛《う》かべていう。

それに応えて、一ノ坊が加代の腰の物をひき剝がす。男たちの眼前に、黒々と茂る秘毛と内股に彫られた毒々しい「蝙蝠《こうもり》」の刺青がさらけ出される。

「ほおっ」

期せずして一座からどよめきが起こった。

「これはいい、三十両!」

最初に値をつけたのは、『大黒屋』庄兵衛だった。即座に『恵比須屋』が、

「四十両」

と競りかける。

「四十五」

「五十両!」

白熱した競り声が飛び交う。

六十両を越えたところで、四人が競りから脱落し、最後は『大黒屋』庄兵衛と『恵比須屋』作右衛門の一騎打ちになった。

双方、相手の出方を探りながら一歩も退かず、競り値はついに百両の大台にのった。

百二十両の値をつけた作右衛門に対して、

「百五十両!」

庄兵衛が一挙に三十両を上積みしたところで、ようやく競りに決着がついた。

深川一の規模を誇る仲町の『大黒屋』が、その資金力にものをいわせて土橋の『恵比須

屋』をねじ伏せたのである。

「これにて本日は散会とする」

天海が玉競りの終了を宣言すると、それを受けて播磨守が、

「なお、若年寄・田沼さまより、しばらく差し控えよとのご下命があり、次回の玉競りは取りやめといたす」

「とりやめ？」

「なぜでございますか」

一座から不審の声があがる。

「子細は省くが、ある筋から探索の手が入ったとのこと……、再開の日取りは追って知らせる」

一方的に言いはなって、播磨守は天海とお美津の方をうながして席を立った。

「深川七福神」たちは、釈然とせぬ顔でひそひそと私語を交わしながら、それぞれが競り落とした「玉」を引き連れて三々五々退出していった。

別室に下がった天海と播磨守、そしてお美津の方は、満面に笑みを泛かべながら、三方に山積みにされた金子を数えはじめた。

この夜の〝売り上げ〟総額は四百五十両にのぼった。

「ふふふ、いつもの倍か……」

播磨守が破顔する。

「〝玉の七番〟が思わぬ高値で売れましたからな」

天海がほくそ笑みながら、

「少々高い買い物だが、永い目で見れば決して損はありますまい」

岡場所の女郎といえば、地方から売られてきた水呑《みずのみ》百姓の娘と相場が決まっていたが、智龍院の〝女体市場〟で売られる娘たちは、いずれも江戸の水で磨きこまれた色白の上玉で、しかもそのほとんどが乳母日傘《おんばひがさ》で育った商家の娘たちばかりであった。

「深川七福神」たちは、それを売り物にして、富商や豪農、大名旗本といった上流階級の客を深川の岡場所に引きよせようと目論んだのである。

そして、その目論見はずばり的中した。

――深川には吉原の花魁《おいらん》にもひけを取らない遊女がいる。

いつのころからか、そんなうわさが巷間《こうかん》ひそかにささやかれるようになり、いまでは吉原遊廓《ゆうかく》を凌駕《りょうが》するほど、深川七場所は隆盛をきわめていた。

「播磨どの」

天海が山積みの小判を五十両ずつに分けながら、

「今夜の配分はひとり五十両ということでよろしいかな？」

「残りの三百両は……、そなたから田沼さまへ渡してくれ」

と、小判の山をお美津の方の前に押しやった。田沼意正から要求されていた老中水野出羽守への工作資金である。

播磨守が低く嗤《わら》いながら、

「ふふふ、将軍家御祈禱所取り扱いのお墨付き料と思えば安いものじゃ」

そういって、また、ふっふふとふくみ嗤いを漏らした。


「うむ」

2

翌日の夕刻。

志乃は、京橋南伝馬町三丁目の『坂本屋』に直接出向いて「仙女香」を三十包ほど仕入れ、その足で深川に向かった。

今朝はやく鬼八がたずねてきて、

「これ以上探索をつづけるのは危険だ。すぐにやめろと死神の旦那がいってたぜ」

と言伝《ことづ》てをのこしていったが、志乃はそれを聞き流した。

幻十郎のやさしい心づかいは痛いほどよくわかる。だが、そのやさしさに安易に甘んじるわけにはいかなかった。

志乃はみずから望んで「闇の仕事」に加わったのである。

——幻十郎とともに修羅地獄の道を歩もう。

そう心に決めた以上、自分の役割はきっちりと果たさなければならない。そうすることが幻十郎への愛の証であり、苦界《くがい》（吉原）からこの身を拾いあげてくれた幻十郎への恩返しでもあった。

それに、いまのところ自分の身に差し迫った危険はなかったし、誰かに不審な目で見られるということもなかった。

もうしばらくつづければ、きっと何か有力な情報を手に入れることができるかもしれない——そう思って深川に足を向けたのである。

「お顔の妙薬、美艶『仙女香』はいかがですかァ、坂本屋の『仙女香』はいかがですかァ」

姐《あね》さんかぶりに紺の前掛けという、いつものいでたちで門前仲町の稲荷小路を流していると、売り声を聞きつけて、あちこちの路地や木戸口から素面《すっぴん》の女郎たちが駒下駄をならして駆け寄ってきた。すでに顔なじみの女郎も何人かいる。

「ふたつ買うから少しまけてよ」

「はいはい」

「あたしは三つ」

「あたしも！」

　飛ぶように売れる。

　気がつくと、手元に残った『仙女香』は一包だけであった。それを袂に入れて立ち去ろうとしたとき、ふと背中に人の気配を感じてふり返った。

　やや離れたところに一人ぽつんと佇《たたず》んで、こちらを見ている粗末な身なりの娘がいた。子供屋『松葉屋』の下女・お末である。

「どうしたの？」

　志乃が声をかけると、

「あたしも欲しいんですけど……」

　お末は、ためらうように目を伏せた。

「二十文しかないんです」

　志乃は、ふっと微笑を泛かべて歩みより、袂《たもと》から一包だけ残った『仙女香』を取り出して、

「お金はいいわよ」

　と、お末の手ににぎらせた。

「でも……」

「いいのよ、残りものなんだから。さ」

「ありがとう」

お末の顔がぱっと耀いた。

「あなた、どこのお店で働いているの？」

「松葉屋です」

「じゃ、お夕さんて人、知ってるでしょ？　ほら、この間掘割に落ちて死んだ……」

お末の顔から笑みが消えた。

「なぜ、あんなことになったのかしら？」

「身投げしたんじゃないかと思うんです」

「身投げ？」

「いつだったか、お夕さん、こんなことを言ってました――」

それは、お夕が悲惨な死をとげる数日前のことであった。

「ここは生き地獄だわ……、こんなことをしてるぐらいなら死んだほうがまし」

鏡に向かって化粧をしながら、誰にいうともなしに、お夕がつぶやいていたという。

「ここだけの話ですけど――」

お末が急に声をひそめていった。

「お夕さんは神田多町《たちょう》の『美濃屋』の娘さんだったそうです」

「まさか……」

志乃は息を飲んだ。

『美濃屋』といえば、神田でも十指に入る紙問屋である。その『美濃屋』の娘が、こともあろうに深川の岡場所で身をひさいでいたとは……。

にわかには信じられぬ話である。

「あ、ごめんなさい。あたし、仕事がありますので――」

お末はぺこんと頭を下げると、逃げるように小走りに去った。

そのとき、路地奥の暗がりで、ふたりの様子を険しい眼つきで見ていた男がいた。

地回りの弥七である。

志乃は気づかずに足早に立ち去った。


お末から得た情報を、一刻もはやく幻十郎に伝えたい――そう思って、志乃は牡蠣殻町の『風月庵』に向かっていた。

永代橋をわたって、新堀町の辻角にさしかかったときである。

突然、背後に足音がひびいた。

ふり向くと、数人の影が土ぼこりを蹴《け》たてて疾走してくる。

「あの女だ!」

先頭を走っていた影が大声で叫んだ。地回りの弥七である。背後の影たちは、いずれも凶暴な顔つきの浪人たちだった。その数、八人。

志乃は、とっさに身をひるがえして奔馳《ほんち》した。

「待て！」

「逃がすな！」

浪人たちが猛然と追ってくる。

志乃は必死に走った。が、女の足ではしょせん勝負にならない。追手の影がぐんぐん迫ってくる。箱崎橋を渡ったところで、浪人のひとりが志乃の背後に追いすがり、襟首につかみかかってきた。

志乃は、くるっと身体を反転させて浪人の手をかわし、ふところに隠し持った匕首《あいくち》を抜き放って身がまえた。

「この女、やはり……」

一人がぎらりと眼を光らせた。

「ただの物売りではあるまい」

浪人たちが、いっせいに抜刀して志乃を包囲した。

「何を探りにきた！」

叫ぶや、髭《ひげ》づらの浪人がぐいと切っ先を突き出した。

刹那《せつな》、志乃は匕首の峰で切っ先をはね返した。

キーン！　鋼《はがね》の音がするどく夜気を裂く。

「おのれ、この阿魔っ！」

別のひとりが逆上して斬りかかるのへ、

「殺すなよ。この女には訊《き》きたいことがある。手捕《き》りにいたせ」

痩身《そうしん》の浪人が叫んだ。

「腕の一本ぐらいなら、叩っ斬ってもよかろう」

正面に立った浪人者が残忍な笑みを泛かべて、じりじりと志乃に迫る。

ほかの七人も、猫が子鼠《こねずみ》をいたぶるように刀尖をゆらゆらと揺すりながら、しだいに包囲網を縮めてゆく。

志乃は匕首を逆手に持って半身に構えた。

「たっ」

髭づらの浪人が袈裟《けさ》がけに斬りつけてきた。志乃は横に跳んでかわそうとしたが、さらに一歩踏み込んだ浪人の切っ先が肩口をかすめた。着物が裂けて血がほとばしった。

一瞬、よろめいて後ずさったところへ、背後の侍が上段にふりかぶった刀を叩きおろした。と見た瞬間――、
ぐさっ！

にぶい音がして、浪人の背中に脇差が突き刺さり、どっと前のめりにくずれ落ちた。

（あっ）

浪人たちの動きが止まった。

闇をついて、矢のように突っ走ってくる人影があった。脇差を投げたのは、この人影である。

「な、何奴っ！」

叫んだひとりが、次の瞬間、頸《くび》から血しぶきを噴いて仰向けに転がった。

「旦那！」

志乃が思わず声をあげた。

人影は、幻十郎だった。

「き、貴様っ！」

浪人たちが怒濤《どとう》のごとく斬りかかってきた。幻十郎が猛然と反撃に出る。

3

六対一の死闘――こうした乱刃の場合、かならずしも数が多いほうが有利とはかぎらない。血気にはやってそれぞれが勝手に動くからである。

まさに浪人たちの動きがそれだった。

やたらに刀をふりまわして右往左往するだけである。

いかに多勢であっても、連携のない乱れた動きは、逆に味方同士の動きを阻害することになる。ましてや闇の中の戦いとなればなおさらである。

それに較べると、無勢のほうがはるかに動きやすい。おのれ以外はすべて敵なのだから、手当たりしだいに斬ればいいのだ。

しゃにむに斬りかかってくる一人を、幻十郎は逆袈裟に薙《な》ぎあげ、返す刀で左方から突いてきた浪人の腹を切り裂いた。と同時に、すっと身を沈め、横から斬り込んできた浪人の脚を横一閃《いっせん》に払った。

ガツッ。骨を断つ音とともに、間境をふみ越えてきた浪人の右脚が截断《せつだん》され、数間後方に転がった。

片脚を喪ったその浪人は、一瞬、信じられぬ顔で前のめりに突んのめった。それを下から逆袈裟に斬り上げる。

残りは三人——ひとりが幻十郎の正面に立ち、ふたりが左右に跳んだ。

幻十郎は左八双にかまえて、左右の浪人に対峙《たいじ》した。間髪をいれず、正面のひとりが上段に斬りこんできた。

刹那、幻十郎の身体が右廻りに回転した。切り込んできた浪人の刀をはね上げ、回転の遠心力で右のひとりを斬り伏せた。

刀をはじき飛ばされた浪人が、あわてて拾いあげようとしたところへ、拝み打ちの一刀を叩きつける。

浪人は皮一枚でつながったおのれの首を、両手で抱え込むようにして倒れ込んだ。

残るひとりが恐怖心を吹き飛ばすように、

「おりゃ！」

雄叫びをあげて斬りこんできた。

幻十郎は、片膝をついて諸手《もろて》突きに切っ先を突きあげた。

喉《のど》を貫かれた浪人は、血潮を噴き散らして仰向けに転がった。

闇の底に黒々と八つの死体が横たわっている。

「旦那……」

駆け寄る志乃を「待て」と制して、幻十郎は、血刀を引っ下げたまま、

「そこにいる奴、出て来い」

堀端の木陰に声をかけた。

地回りの弥七が立木の根方にうずくまって、ぶるぶると身体を顫《ふる》わせている。

幻十郎は大股《おおまた》に歩みより、うずくまっている弥七の襟首をぐいとつかんで木陰から引きずり出した。

「い、命だけは助けてくれ！」

弥七が必死に命乞いをする。

「おれの問いに正直に応えたら、命は助けてやる」

「な、何が……、知りてえんだ」

「この浪人どもは『大黒屋』の手の者だな？」

「そ、そうだ――」

「ただの用心棒とは思えん。『大黒屋』はいったい何を企んでるんだ」

「知らねえ……、お、おれは知らねえ！」

「とぼけるな」

ぴたりと弥七の首すじに刀を押しあてた。

と、そのとき、箱崎橋の東詰の彼方に忽然と二つの影が浮き立った。

弥七が目ざとくその影を見やって、

「た、助けてくれーっ！　ひ、人殺しだあ！」

大声で叫んだ。が、すぐに沈黙した。

幻十郎が首すじに押しあてた刀を一気に引いたのである。頸《くび》の血脈が切り裂かれ、おびただしい血を噴き出しながら、弥七はこと切れた。

「行こう」

志乃をうながして、幻十郎は足早に立ち去った。

ややあって、箱崎橋を小走りに渡ってくるふたつの影があった。

大黒屋の番頭・儀助と片桐藤十郎である。

「先生っ！」

儀助が地面を指さした。斬殺《ざんさつ》された浪人たちの屍《しかばね》が累々と横たわり、あたり一面は血の海である。

藤十郎は、すごい形相で四囲を見渡した。幻十郎と志乃の影はない。視界はまったくの闇である。

「それにしても……」

闇に目をすえたまま、藤十郎がうめくようにつぶやいた。

「おそるべき腕だ」


傷ついた志乃を気づかいながら、幻十郎は『風月庵』にもどった。

「どうなすったんで！」

志乃の肩口の傷を見て、歌次郎が目をむいた。

「大黒屋の手の者に斬られた。歌次、湯は沸いてるか？」

「へい」

と、歌次郎が身をひるがえして風呂場に去る。幻十郎は志乃の体を抱きかかえて板間にあがり、囲炉裏の前に坐らせた。

「痛むか」

「ええ、ちょっと――」

歌次郎が風呂場から湯桶《ゆおけ》を持ってきて、囲炉裏の鉄瓶《てつびん》の湯をそそぎ、

「薬を切らせちまったんで、買いに行ってきます」

いいおいて、そそくさと出ていった。

「傷を見せてくれ」

幻十郎がそういうと、志乃はためらうように片肌を脱いだ。右肩に一寸ほどの切り傷があった。さいわい、傷は浅い。

幻十郎は湯桶の湯で手拭《てぬぐ》いをしぼり、傷口の血を拭うと、勝手から焼酎《しようちゆう》の徳利を持ってきて、口にふくみ、

「ちょっと染みるかもしれんが、我慢してくれ」

傷口に吹きかけた。

「ごめんなさい……、わたしが勝手なことをしたばかりに――」

志乃が申しわけなさそうに頭を下げた。

「べつに謝ることはねえさ。それより」

と立ち上がって、

「塗り薬なら、まだあったはずだが……」

板間のすみの古簞笥《だんす》の抽斗《ひきだし》を引きあけた。小物類に混じって、蛤《はまぐり》の貝殻につめた塗り薬が入っていた。

（そうか）

幻十郎は、はたとそのことに気づいた。薬を買いに行くというのは、幻十郎と志乃を二人きりにさせるための方便だったのである。

（歌次のやつ、気を回しやがって……）

苦笑を泛かべながら、志乃のかたわらに坐り込み、傷口に血止めの薬を塗る。

と、片肌脱ぎの着物がはらりとすべり落ちて、志乃の胸元からゆたかな乳房がほろりとこぼれて出た。

「あ、すまん」

あわてて着物の襟を引きあげようとすると、それを制するように志乃が幻十郎の手をそっと押さえた。

「志乃」

「抱いて……」

志乃がささやくようにいう。声がうるんでいる。

幻十郎は無言のまま志乃の胸に手をあてがった。手のひらに乳房のぬくもりが伝わる。左肩の着物をずり下げ、両脇から手をまわしてふたつの隆起をゆっくり揉《も》みあげる。揉みながら志乃のうなじに唇を這《は》わせる。

「ああ……」

やるせなげに志乃があえぐ。

指先で乳首をつまみ、やさしく愛撫する。乳首がしだいに堅くなる。尖端が薄桃色に染まってツンと立ってくる。

「は、はやく……」

口走りながら志乃が中腰になる。はらりと着物がすべり落ちる。幻十郎が腰の物を剣ぎとる。一糸まとわぬ志乃の白い裸身が、囲炉裏の榾明《ほだあ》かりを受けてなまめかしく揺らぐ。

幻十郎も、手ばやく帯を解いて着物の裾を払い、下帯をはずす。一物はすでに勃起している。中腰の志乃の股間に手を入れて、下からそろっと撫であげる。花芯がしっとりと露をふくんでいる。

志乃がゆっくり腰をおろす。怒張した一物の尖端が濡れた花芯に触れる。そのまま幻十郎の膝の上に腰をおとす。突きあげるように肉根が秘所に没入してゆく。

「あっ、ああ……」

小さな悲鳴を発して、志乃が激しく腰をふる。両脇の下から手をまわして乳房をもみながら、幻十郎も腰を上下に律動させる。

「あ、だ、だめ……。だめ……」

志乃が昇りつめていく。肉ひだがひくひくと痙攣《けいれん》し、幻十郎の物を締めつける。

「うっ」とうめいて、幻十郎が果てる。志乃の胎内で熱いものが炸裂《さくれつ》した。

4

情事の余韻にひたりながら、幻十郎と志乃は囲炉裏の前で酒を酌みかわしていた。

「ごめんなさい」

聞きとれぬほど小さな声で、志乃がぽつりといった。

「何のことだ？」

「勝手な真似をして……」

幻十郎の忠告を無視して深川仲町に探索に行ったことを、あらためて詫《わ》びたのである。

「詫びることはない。それより、大黒屋の手の者はなぜお前を……？」

「見られていたんでしょうね。わたしが聞き込みをしているところを……。でも」

といって志乃はふっと笑みを泛かべた。

「一つだけ収穫がありました。お夕というお女郎さん、神田の紙問屋『美濃屋』の娘さんだったそうですよ」

「そうか――」

幻十郎が見抜いたとおり、やはりお夕は江戸の女だったのである。それにしても、『美濃屋』の娘とは意外だった。

「商家の娘さんが岡場所の女郎に身を落とすなんて、よほどのことがあったんでしょうねえ」

志乃が小首をかしげる。

神田でも十指に入るという紙問屋の娘が、金に困って身売りをしたとはとても考えられない。とすれば、やくざな男に引っかかって売り飛ばされたか、悪辣《あくらつ》な女衒《ぜげん》どもに力ずくで勾引《かどわ》かされたか。

「いずれにしても……」

幻十郎が赫々《あかあか》と燃える榾火《ほだび》に目をすえながら、

「そこに何かからくりがあるのかもしれんな」

「からくり？……というと――」

「問題は、美濃屋がそれを知っていたのかどうか」

娘が岡場所にいることを知っていたとすれば、当然娘を連れ戻しに行くだろう。知らなかったとすれば、娘の身を案じて必死に行方を探すだろうし、奉行所に探索願いを出すはずだ。

「まず、そのへんのところを歌次に探らせよう」


翌日。

幻十郎の命を受けて、お店者《たなもの》に変装した歌次郎が神田多町に飛んだ。

筋違御門内、須田町通りの西側に多町一丁目と二丁目がある。

『美濃屋』は二丁目の北の角にあった。間口四間ほどの店構えである。日本橋界隈《かいわい》の大店とくらべると、決して大きな店構えとはいえないが、神田では十指に数えられる紙問屋というだけあって、さすがに敷地は広い。

三百坪はあろうか。板塀で囲まれた敷地内には土蔵が二棟建っている。

歌次郎は、周辺の小商いのあるじや、近所のかみさんたちから、さり気なく『美濃屋』の内情を聞き出した。

それによると……、

『美濃屋』は奉公人を十人ほど抱え、おもに下谷《したや》界隈の寺社などを得意先として堅実な商いを展開しているという。

あるじは四十六歳の清兵衛。一昨年、女房を病で亡くし、十九になる娘のお園とふたり暮らしだった。

「ところがね」

と近所のかみさんが、なかばやっかみ半分の口調で、

「どんな手づるをつかんだのか知りませんけどね……、今年の春、その娘さんが御殿奉公に上がったそうですよ」

「御殿奉公に？」

「ええ、美濃屋の旦那、よっぽどそれが嬉《うれ》しかったんでしょうねえ。口を開けば娘さんの自慢話ばっかり……、散々聞かされたんで、耳にたこが出来ちまいましたよ」

「ほう」とうなずきながら、

（こいつは妙な話だ）

歌次郎は肚《はら》の底でつぶやいた。

御殿奉公に上がったはずの娘が、深川の岡場所の遊女に身を落としていようとは、父親の清兵衛もゆめゆめ思わなかったであろう。いまだに娘の自慢話を吹聴しているところを見ると、まだ御殿にいると信じ込んでいるようだ。

――清兵衛をそこまで信用させたのは誰なのか？

歌次郎の疑問はその一点に集中した。

「美濃屋の娘が御殿奉公に上がったときの、詳しいいきさつを聞かせてもらいてえんだが……」

「だからさ。さっきも言ったようにね。誰の紹介なのか、どんな手づるをつかんだのか、そこんところが、あたしたちにもさっぱりわからないんだよ。ご公儀のお役人に金でもつかませて頼み込んだんじゃないのかい」

皮肉たっぷりにそういうと、かみさんはせわしなげに立ち去った。

――なるほど、公儀の役人を抱きこんだか……。

とすると、仲介に立ったその役人が、清兵衛を騙《だま》して大金を巻き上げ、娘を深川の岡場所に売り飛ばした――ということも十分考えられる。

(こうなったら、直接『美濃屋』に当たってみるか)

そう思って、歌次郎は『美濃屋』に足を向けた。

紺地に屋号を白抜きにした大のれんを分けて店の中に入ると、見るからに実直そうな初老の番頭が帳場格子の中から出てきて、

「いらっしゃいませ」

丁重に頭を下げた。

「旦那さんはいるかい？」

「いえ、今朝方、出かけたまま、まだ戻ってまいりませんが……、何か？」

「つかぬことを訊くが、お宅の娘さん、今年の春、御殿奉公に上がったそうだな」

「はい」

「誰の紹介だったんだい？」

「その件に関しては、手前は何も聞いておりませんので――」

「そうかい……、旦那さんは商いに出たのかい？」

「さあ」

と番頭が小首をかしげながら、

「今朝方五ツ半（午前九時）ごろ、見知らぬ男の人が訪ねてまいりまして、旦那さまと何やら小声で話したあと、ちょっと出かけてくるといって出て行ったまま……」

この時刻になっても戻ってまいりません、と番頭は心配そうに眉宇《びう》をよせた。

ついさきほど午八ツ（午後二時）の時の鐘を聞いたばかりである。清兵衛が店を出てから、すでに二刻半（五時間）がたっていた。

清兵衛を訪ねてきた「見知らぬ男」とは、いったい何者なのか？

その男の用件とは何だったのか？

そして、清兵衛はどこへ連れていかれたのか？

歌次郎の脳裏に次々と疑念がわき立ってくる。

『風月庵』に戻る途次、歌次郎は思わぬ事件に遭遇した。

今川橋跡地にさしかかったときである。

神田堀北岸の埋め立て地に建っている作業小屋とおぼしき掘っ建て小屋のまわりに、ときならぬ人だかりがあった。

何事かと近寄ってみると、近所から集まった野次馬たちが、

「人殺しか」

「めった斬りだそうだぜ」

「殺されたのは誰だい？」

「さあ……」

ひそひそとささやき合いながら、小屋の中をのぞき込んでいる。

歌次郎も人垣をかき分けて、中をのぞき込んだ。

小屋の中は蘇芳《すおう》びたしである。その血の海に初老の男がうつむけに倒れていた。茶の紬《つむぎ》はずたずたに切り裂かれ、噴き出した血が背中にべっとりとこびりついている。

検視の町方役人と地元の岡っ引、番太郎などが死体を検分していた。

「美濃屋のあるじ？」

検視役人の声が聞こえた。岡っ引がそれに応えて、

「まちがいありやせん」

と断言した。

その声を聞いた瞬間、歌次郎は愕然《がくぜん》と息を飲んだ。

5

歌次郎は八ツ半（午後三時）ごろ、『風月庵』に戻った。

幻十郎と志乃が待っていた。

「おう、ご苦労。どうだった？」

「妙な成り行きになってきましたよ」

志乃がいれた茶をすすりながら、歌次郎が事の経過を話す。

「美濃屋の娘が御殿奉公に……？」

眉をひそめて幻十郎が訊き返した。

「父親の清兵衛はそう信じ込んでいたようです。いや清兵衛だけじゃありません。隣近所の住人たちも、みんなそう思ってます」

「清兵衛に御殿奉公の話をもちかけたのは誰なんだ？」

「それを探ろうと思って『美濃屋』に直接当たってみたんですがね」

歌次郎が苦い顔でかぶりをふった。

「その矢先に清兵衛が殺されちまったんで……」

「殺された！」

つまり、口封じである。

幻十郎は険しい顔で考えこんだ。

何者かが「御殿奉公」を餌《えさ》にして『美濃屋』の清兵衛を騙し、娘のお園を深川の岡場所に売り飛ばしたのだろう。それが露見するのを恐れて清兵衛の口をふさいだ――と考えれば何もかも平仄《ひょうそく》が合う。

「どうやら新手《あらて》の『玉出し屋』が動いているようだな」

玉出し屋とは、色里の隠語で女衒《ぜげん》を意味する。非合法の人買いである。

「ドンド橋で土左衛門になった二人の娘も、おそらく同じ手口で一味に騙されたのかもしれねえ」

志乃がハッとなって、

「まさか、井筒屋のお加代さんも、その一味に……？」

騙されたのではないかと、不安そうな顔で幻十郎を見た。

「娘を迎えに来たのはどんな連中だった？」

「御殿の御女中らしき女がひとり、駕籠のお供についてましたけど――」

そのときは何の不審も感じなかったが、事件が事件だけに、やはり加代の消息が気になった。そんな志乃の胸中を察して、

「鬼八にたしかめさせよう」

幻十郎が言った。

「あの店には大奥の下働きの侍が出入りしている。その侍に聞けば娘の消息がわかるはずだ……、歌次、ひとっ走り『四つ目屋』に行って、鬼八にそう伝えてくれ」

「へい」

湯飲みに残った茶を一気に飲みほし、歌次郎はひらりと出ていった。

月のない暗夜である。

夏の夜は涼船の明かりでびっしり埋めつくされる大川も、晩秋のこの時季になると、ほとんど行き来する船影もなく、川面は漆黒の闇に覆われている。

そんな闇の中に一つだけポツンと船行燈《あんどん》の明かりを灯して、川面をゆったりとすべってゆく屋根舟《やねぶね》があった。

舟の中で、ふたりの男が酒を酌み交わしていた。

ひとりは大黒屋の庄兵衛、もうひとりはでっぷりと肥った赤ら顔の男である。歳は五十前後か、頭髪が薄い、というよりほとんど坊主頭である。

「親方にはずいぶんとお世話になりました。おかげで手前どもの商いも大繁盛です」

庄兵衛が追従笑《ついしようわら》いを泛かべて酒をつぐ。

「礼にはおよびませんや。あっしらもこれで散々稼がせてもらいやしたからね……。ところで、あっしに話というのは？」

「じつは……、ちょいと面倒なことが起こりましてな」

「面倒なこと？」

「いや、なに大したことではないんですが、万一のことを考えて、しばらくこの仕事を差し控えたいと思いましてね。その間、親方には旅に出てもらいたいんです」

「旅に？」

男がけげんそうな顔で庄兵衛を見た。

「そう。遠い旅に――」

「ちょ、ちょっと待っておくんなさい。それはいってえ……」

言いかけた男の顔がふいに硬直した。白眼をむいたまま沈黙している。

手に持った猪口がポトリと落ちて、男の体がゆっくり前のめりに倒れ込んだ。

戸障子越しに刀で脇腹を突き刺されたのだ。その刀がすっと引き抜かれた。

「ご苦労さん」

庄兵衛が声をかけると、音もなく戸障子が開いて、片桐藤十郎が顔をのぞかせた。

「ついでに仏さんを片づけてもらいましょうか」

藤十郎は無言のまま、男の両手をとって、舟縁《ふなべり》に引きずり出し、無造作に死体を川に投げ込んだ。水音とともに川面に真っ赤な波紋がひろがり、浮かび上がった男の死体がゆらゆらと川下に流されていった。

二日後の夕刻。

両国薬研堀の『四つ目屋』に、大奥の下働きの侍（ゴサイ）・宇津木六兵衛がこっそりと張形を買いにやってきた。

「宇津木さま、毎度ごひいきに……」

奥から鬼八が出てきて、愛想笑いを泛かべる。六兵衛は棚の上の張形を見回して、

「これを三つばかりもらおうか」

鼈甲《べっこう》の張形をつまみあげた。

「ありがとう存じます」

と手ばやく紙に包み、

「よろしかったら、奥で粗茶でも一杯いかがですか?」

「ゆっくりもしておれんのだが……」

「まま、そうおっしゃらず。むさ苦しいところですが、どうぞ」

と奥へ案内し、茶をいれる。

「宇津木さまのお仕事もさぞ大変なんでございましょうねえ」

「何しろ女相手の仕事だからな……、女子と小人あつかいがたし、だ」

茶をすすりながら、六兵衛は自嘲《じちょう》の笑みを泛かべた。

「だが、割り切ってしまえばどうということはない」

この男には、どこか世俗を超脱した修行僧のようなおもむきがある。

「ところで宇津木さま」

鬼八が話題を切り換えた。

「つい四、五日前、日本橋堀留町の『井筒屋』という質屋の娘が御殿奉公にあがったと聞きましたが」

「井筒屋？」

「加代という名の娘です。つつがなくお勤めを果してるのでございましょうか？」

「さて」

と宇津木が首をかしげた。

「聞かぬ名だのう……、いや、この数ケ月、町屋から新しくお召し抱えになった女中はひとりもおらんぞ」

「いない！」

「大名家の奥向きのことではないのか？」

「いえ、たしかにお城のほうにご奉公に上がったと聞きましたが」

「だとすれば、かならずわしの耳に入るはずだが……」

「そうですか……、あ、いえ、手前の聞き間違いかもしれません。お忙しいところ、お引き止めしてしまって申しわけございません。些少《さしょう》ではございますが、煙草代にでも」

小粒二個を紙につつんで手渡すと、六兵衛は、すまんなと一言礼をいって袂《たもと》にしまい、そそくさと店を出ていった。

鬼八は、すぐに志乃の家に飛んでそのことを伝えた。

「まさか……！」

志乃は言葉を失った。

よもやの予感が的中してしまったことに、激しい衝撃を受けたのである。

「——間違いねえ。井筒屋は『玉出し屋』に一杯食わされたんだ」

「すると、お加代さんは……」

「いまごろ深川の岡場所で無理やり客をとらされてるかもしれねえぜ」

「そんな……」

志乃が憤然と立ち上がった。

「どこへ行くんだい」

「誰がお加代さんの御殿奉公を仲介したのか、井筒屋さんに聞いてきます」

三和土《たたき》に下りて下駄を突っかけると、腰高障子を荒々しく引きあけて出ていった。

「井筒屋さん！」

母屋の庭先から声をかけた。

濡れ縁の障子がからりと開いて、女房のお兼がけげんそうに顔を出した。

「あら、お志乃さん……、何か？」

「つかぬことをお聞きしますけど……」

志乃は、努めて冷静をよそおい、

「お加代さんの御殿奉公を仲介してくれたという人は、誰なんですか？」

「馬喰町《ばくろちょう》の『相模屋』という口入れ屋さんですよ」

口入れ屋とは、下級の旗本や商家などに下男下女を周旋し、雇う側と雇われる側から規定の手数料をとって生業《なりわい》としている商売である。今風にいえば「私設職業安定所」といったところか……。桂庵《けいあん》（慶安）、人宿、他人宿、肝煎宿《きもいり》、請宿《うけ》などの称もある。

「それがどうかしたんですか？」

お兼が不審げに訊き返した。

「い、いえ、ちょっと気になったもんですから……。ごめんなさい。こんな時分に突然――」

ぎこちない笑みを泛かべて一礼し、逃げるように立ち去った。

「鬼八さん、馬喰町の『相模屋』って口入れ屋、ご存じ？」

部屋に入ってくるなり、志乃が訊いた。

「ああ、知ってるさ。あるじの半蔵はむかし浅草聖天町で香具師《やし》をしていた男で、〝達磨《だるま》の半蔵〟と呼ばれていたそうだ」

「その半蔵が『玉出し屋』の正体だったんです」

「ええっ」

――半蔵が水死体となって、大川の百本杭で発見されたのは翌日の朝であった。

第六章　殺戮《さつりく》の応酬

1

「また、先手を打たれたか……」

幻十郎が苦々しげにつぶやいた。

彫師の捨松につづいて、相模屋の半蔵も消されたのである。探索の糸が次々に断ち切られていく。どうやら敵は身辺の大掃除をはじめたようだ。

「これ以上後手を踏むわけにはいかねえ。そろそろこっちから仕掛けてやるか」

「へえ」と鬼八がうなずく。

「お加代さんの身も心配ですしねえ」

志乃が眉宇《びう》をひそめていった。幻十郎の胸裏にも同じ想いがある。志乃の危惧《きぐ》は、現実のものとなりつつあった。お加代はいま、お夕と同じ悲惨な運命をたどろうとしている。

「お夕の二の舞いはさせたくねえ。いまならまだ間に合うはずだ。鬼八、この仕事、おめえにも手伝ってもらうぜ」

「へい。何なりと——」

そこへ、深川に探索に行っていた歌次郎が戻ってきた。加代の消息を探りにいっていたのである。

「わかったか？」

「それが……」

歌次郎は暗然と首をふった。『松葉屋』に出入りする女髪結《かみゆ》いに金をにぎらせて加代の消息を聞いてみたが。それらしい女はいなかったという。

「ほかの子供屋（遊女の置屋）は当たってみたのか？」

「一通り当たってみたんですが……」

やはり、いなかったという。

「どこか別の場所に閉じ込められてるんじゃないかしら？」

志乃が心配そうにいった。

「かもしれねえな」

幻十郎がうなずく。

非合法の岡場所とはいえ、騙《だま》されて売られてきた素人娘を、いきなり客の前に出すような乱暴な真似はしないだろう。一人前の女郎に仕立てるには、それなりの時と手間がかかる。

　志乃のいう通り、加代はどこか別の場所に監禁されて、女郎としての閨技《ねやわざ》や手練手管を仕込まれているのかもしれない。

「とすれば……」

　鬼八がぞろりと顎《あご》を撫《な》でて、

「まず、その場所を突き止めるのが先決だ。歌次、おれと一緒に先乗りして、その場所を探してみようぜ」

「へい」

「死神の旦那の出番はそれからだ。一刻（二時間）ほどたったら出張《でば》ってきておくんなさい。それまでに必ず突き止めておきやす」

「わかった」

　鬼八と歌次郎が出ていった。それを見送って幻十郎は身支度にとりかかった。

　着物の下に裁着袴《たつつけばかま》をはき、手に革の手甲《てつこう》をつけ、刀の下げ緒を結びなおす……戦いのための厳重な身ごしらえである。

「斬《き》り込むんですか？」

　志乃が気づかわしげな目で訊《き》いた。

「それしか方策はあるまい」

相模屋の半蔵と大黒屋庄兵衛が結託して商家の娘たちを騙していたことは、もはや疑いのない事実である。その事実を隠蔽《いんぺい》するために、庄兵衛は半蔵の口を封じたのである。

「大黒屋を生かしておくわけにはいかねえ。お夕の供養のためにもな」

「………」

志乃は黙っていた。

「仕事」といわずに、「お夕の供養のために……」と幻十郎はいった。その一言が、志乃にとっては、せめてもの慰めであった。

深川富岡八幡宮の東に、三十三間堂がある。

寛永年間、京の蓮華王院《れんげおういん》を模して、浅草に三十三間堂が創立されたのだが、元禄《げんろく》十一年の火災で焼失し、その後、深川のこの地に移されたのである。

深川の三十三間堂では、江戸時代を通じて弓術の練習や「通し矢」が盛んに行われた。

三十三間というのは、長さの尺度ではなく、堂宇の柱の数である。柱と柱の間の距離が二間あるので、じつは六十六間（約百二十メートル）ということになる。

六十六間先の的を射ぬく競技を「通し矢」といい、現存する記録によると天保十年、太田信吉という十一歳の少年が、総矢数一万二千十五本を射て、通し矢（的中）が一万一千七百六十本、外れ矢わずか二百五十五本という最高レコードを作ったという。

三十三間堂の南側の入船町に、大黒屋庄兵衛の別宅があった。黒文字垣をめぐらせた小粋な仕舞屋《しもたや》である。

加代はその一室に監禁されていた。

緋襦袢《ひじゆばん》一枚のしどけない姿である。両足には分厚い櫟《くぬぎ》の木で作られた足枷《あしかせ》がはめられており、その足枷は鉄の鎖で柱にくくりつけられていた。まるで家畜のような扱いである。

行燈の薄暗い明かりの中で、加代は柱にもたれたまま、憑《つ》かれたように宙の一点を見つめていた。

智龍院の天海と一ノ坊に無垢《むく》の肉体を蹂躙《じゆうりん》されたあげく、内股に毒々しい「蝙蝠《こうもり》」の刺青を彫り込まれて岡場所に売り飛ばされてきたのである。その衝撃と恥辱は、いまなお癒《いや》されていなかった。

――もう、どうなってもいい……。

絶望を越えて、自棄的な感情が日増しにつのっていく。

と、廊下に足音がして、すっと襖《ふすま》が開いた。加代は一点を見つめたままふり向きもしない。見なくとも影の正体はわかっていた。

「ふふふ……」

その影は、低く嗤《わら》って加代の前に腰をすえた。

大黒屋庄兵衛である。

「そろそろ、色よい返事を聞かせてもらいたいと思ってな」

「………」

能面のように表情のない顔で、加代は沈黙している。

「大枚百五十両を払って手に入れた上玉だ。客に出すのはもったいない」

と、いいつつ、庄兵衛は緋襦袢の裾《すそ》をめくって、加代の白くつややかな腿《もも》をなでまわした。いかにも卑猥《ひわい》な手つきである。

「悪いようにはせん。わしの妾《めかけ》になれ」

「………」

加代は貝のように口を引きむすんだまま、黙っている。

「強情な娘だ……。ま、いいだろう」

いきなり加代を抱きすくめ、腰ひもを解いてくるっと緋襦袢を剝《は》いだ。

たわわな乳房が露出する。庄兵衛は上体を折って、乳房をわしづかみにして口にふくむ。

舌先で乳首をなめまわす。加代は人形のように何の反応も示さない。

扱《しご》きをほどく。

腰の物がはらりと落ちて、下半身がむき出しになる。庄兵衛は秘毛の感触を楽しむように恥丘をなでる。なでながら加代の柔肌にねっとりと舌を這《は》わせる。

乳房から臍へ、臍から内腿へ……。腿の付け根に黒々と「蝙蝠」の刺青が浮いている。それが庄兵衛の欲情をさらにかき立てる。

「ふふふ、この刺青がたまらん」

庄兵衛は体を起こすと、もどかしげに着物をぬぎ捨て、下帯を解いた。黒光りする一物が鎌首のように屹立《きつりつ》している。

庄兵衛は、米俵をころがすように加代の体を反転させた。足枷の鎖がガチャガチャと無機質な音を立てる。

されるがまま、加代は両手と両膝を畳について、犬のように四つん這いになる。尻の下から手を差し入れて、秘所のはざまを撫であげる。指先に湿潤な花芯がふれる。怒張した一物を突き差そうとすると、加代がぎゅっと尻をすぼめてそれを拒む。

「力をぬくんじゃ！」

苛立《いらだ》つように怒鳴りつけ、両手で加代の腰をつかんでぐいと抱えあげる。尻が持ちあがって菊座と秘所が露出する。そこへ一気に突き差す。

「あっ」

加代が小さな叫びをあげる。

うしろから激しく責める。一物を根元まで没入させ、髪をつかんで手綱のように引く。加代の顎があがる。庄兵衛が狂ったように腰を律動させる。

う、うう……。加代が嗚咽《おえつ》ともあえぎ声ともつかぬ声をあげる。挿入したまま、加代の体をさらに反転させる。足枷の鎖が庄兵衛の腰にまとわりつく。

仰臥《ぎようが》した加代の股間《こかん》にまたがる。一物がさらに深く没入する。俗にいう「松葉くずし」の体位である。責めながら片手で乳房をもみしだく。

加代は歯を喰いしばって耐えている。

「さ、いえ！　わしの妾《めかけ》になるといえ！」

わめきながら責めつづける。

2

三十三間堂の土塀ぎわを、深編笠に裁着袴姿の幻十郎が歩いていた。

それを待っていたかのように、闇《やみ》の彼方から二つの影が小走りに駆け寄ってきた。

鬼八と歌次郎である。

「旦那……」

鬼八が低く声をかけた。

「わかったか？」

「入船町の別宅におりやす」

「庄兵衛ひとりか？」

「いえ、表に番頭の儀助がひとり、裏手に浪人者が三人、張り番をしてます」

歌次郎が応えた。

「よし、浪人どもはおれが殺《や》る。番頭はおめえたちにまかせる」

「へい」

三人は足早に闇の中に消えた。


大黒屋の別宅の網代《あじろ》門の前で、番頭の儀助が肩をすぼめて突っ立っていた。

青白い星明かりが寒々と降りそそぐ。

秋冷の夜風がさわさわと吹き抜けてゆく。

と――背後でかすかな物音がした。

儀助がけげんそうにふり向く。

闇の中に歌次郎が立っている。

「な、何だ、お前さんは？」

「ちょいと道を訊《たず》ねたいんですがね」

「道？」

と訊《き》き返した儀助の顔が急にぐにゃっとゆがんだ。首に細引がからみついている。いつの間にか鬼八が儀助の背後に廻りこみ、首に細引を巻きつけたのである。

「うっ、うう……」

儀助が白眼をむいてうめく。

鬼八がぐいぐい締めあげる。やがて儀助の体から力がぬけ、糸の切れた傀儡《くぐつ》のようにぐったりと崩れ落ちる。

一方——。

別宅の裏庭では、片桐藤十郎と鬼神組の浪人者がふたり、焚《た》き火を囲んで茶碗《ちゃわん》酒を呑《の》んでいた。

奥座敷の障子に、庄兵衛と加代の裸影が妖《あや》しくゆらいでいる。それをちらりと見ながら、藤十郎が苦々しく舌打ちをした。

「飽きもせず、ようやるわい……」

「寒い、寒い。はやく切り上げてもらわんと、凍え死ぬわ」

「馬鹿馬鹿しくてやってられん」

「ま、致し方あるまい。これも仕事だ」

藤十郎が自嘲《じちょう》の笑みをもらす。

主家を失った侍は野良犬同然である。生きるためには矜持《きょうじ》を棄てなければならない。それが出来ぬ者は野たれ死にするだけだ。

藤十郎は前者を選択した男である。

死ぬことより、生きることのほうが数段難しい。ましてや、侍が矜持を棄てて生きてゆくのは、耐えがたい屈辱と苦痛が伴う。その屈辱と苦痛から逃れる唯一の手段は、世俗の汚泥にとっぷりつかることである。

――生きるとは、そういうことだ。

肚《はら》の底で虚無的につぶやきながら、藤十郎は茶碗酒を一気にあおった。

と、突然、背後の闇に音もなく黒影が立った。目ざとく気づいたひとりが、

「誰だ？」

低く叫んで刀の柄頭《つかがしら》に手をかけた。と同時に植え込みの陰から、深編笠の幻十郎がうっそり姿をあらわした。

「貴様は……！」

「死神だ」

「お、おのれ！」

ひとりが猛然と斬りかかった。

しゃっ。

幻十郎が抜きつけの一閃《いっせん》をはなった。横一文字に胴を払われたその浪人は、腹の裂け目から飛び出した臓物を両手で抱えながら、黒文字垣に頭から突っ込んでいった。

もう一人が刀をふりかぶって跳動した。間一髪、幻十郎は横に跳んで逆袈裟《ぎゃくげさ》に斬りあげた。目にもとまらぬ紫電の一刀である。

おびただしい血が奔出した。浪人者は肋《あばら》を砕かれて、声もなく倒れ伏した。

藤十郎が刀を正眼にかまえて、幻十郎の正面に立った。幻十郎は左半身にかまえて刀を地摺《じず》りに下げる。

かなりの使い手だ。そういう自負が藤十郎の面貌《めんぼう》に顕《あらわ》れている。

須臾《しゅゆ》の間、無言の対峙《たいじ》がつづいた。

「そうか……」

先に口を開いたのは、藤十郎だった。

「松平楽翁の密偵というのは、貴様か？」

「それを聞いてどうする」

「おれの手柄にする。貴様の首は高く売れる」

「手柄より、土産にしたほうがいいぜ」

「みやげ？」

「冥土《めいど》の土産だ」

「ほざくな！」

叫ぶや、藤十郎が刀をふりかぶって間境を踏み越えてきた。すかさず下からはね上げて、幻十郎は右に廻りこんだ。藤十郎の利き腕が左と見て、逆に廻ったのである。が、藤十郎の動きも迅《はや》かった。瞬息、身をひるがえして左に向きなおり、袈裟がけに斬り下ろしてきた。

幻十郎は上体をそらして切っ先を見切り、次の斬撃《ざんげき》に備えて、一歩うしろに跳んだ。間髪をおかず、藤十郎が斬り込んできた。刹那《せつな》、幻十郎は片膝をついて身を沈め、逆袈裟に薙《な》ぎあげた。一歩うしろに跳んだのは、藤十郎を誘いこむためのフェイントだった。

手応《てごた》えはあった。

藤十郎の体が一瞬静止した。

藤十郎の顔に薄笑いが泛かんだ。

「し、死ぬのは……」

「――簡単だ」

一言つぶやくや、口から血泡を吹いて前のめりにドッと倒れ込んだ。首が異常な形でねじれている。頸骨《けいこつ》を断ち切られて、倒れた瞬間に首が半転したのである。

刀の血しずくを切って、背後をふり返った。奥座敷の障子に、重なり合った庄兵衛と加代の裸影が映っている。

幻十郎は雪駄《せった》のまま濡《ぬ》れ縁にあがり込み、がらりと障子を引きあけた。

加代の体に馬乗りになっていた庄兵衛が、ギョッとふり向いた。結合したまま叫んだ。

「な、何だい、お前さんは！」

「貴様の命をもらいにきた」

深編笠の下から幻十郎の野太い声が降ってきた。

「ま、待て！」

庄兵衛が血相変えて立ち上がった。加代の秘所を責めたてていた一物が、だらりと股間にぶら下がっている。

「か、金が欲しいなら、好きなだけくれてやる。い、命だけは助けてくれ」

醜く肥った裸体をぶざまにさらして、庄兵衛は両手を合わせて懇願した。

「金はいらねえ」

「じゃ、な、何が欲しい？」

「これだ」

幻十郎の刀が一閃した。

「うわっ！」

庄兵衛が悲鳴をあげてのけぞった。その瞬間、何かが宙をよぎって畳の上にぽとりと落下した。血まみれの肉片である。

よく見ると、それは庄兵衛の股間にぶら下がっていた一物だった。根元から断ち切られていた。ひくひくと動いている。

「わ、わわわ……」

股間を血に染めながら、庄兵衛が畳の上を転げまわっている。幻十郎は刀を逆手に持ち換えて、庄兵衛の体に垂直に突き立てた。

切っ先が庄兵衛の腹を貫き、ぐさりと畳に突き刺さった。かたわらで全裸の加代が放心したように見ている。その表情は能面のように感情がない。

四肢を痙攣《けいれん》させて、庄兵衛は悶絶《もんぜつ》した。幻十郎が刀を引きぬく。

襖が開いて、鬼八と歌次郎がとび込んできた。

「さ、これを着るんだ」

鬼八が緋襦袢をとって、加代の肩にかけた。加代は憑かれたような眼で、とろんと三人を見上げた。

「あなた方は……？」

「怪しい者じゃねえ。お前さんを助けにきたんだ」

深編笠の幻十郎がやさしく声をかける。

「さ、はやく」

歌次郎がうながすと、加代はようやく我にかえって緋襦袢をまとった。

「鬼八、あとは頼んだぜ」

「へい」

鬼八と歌次郎は、加代の体を抱えるようにして部屋を出ていった。それを見届けて、幻十郎もゆっくり背を返した。


半刻（一時間）後。

加代は両国薬研堀の『四つ目屋』の奥の部屋にいた。鬼八の綿入れを羽織っている。

「出来たぜ」

鬼八が盆にどんぶりをのせて入ってきた。味噌《みそ》仕立ての煮込みうどんである。

「体が温まる。さ、遠慮なく食いな」

こくりとうなずいて、加代は旨そうにうどんを食べはじめた。

「気が落ちつくまで、しばらくここで養生していくがいいさ」

「………」

加代は黙ってうどんをすすっている。ここへ来てから、加代はまだ一度も口をきいていない。心を開こうともしなかった。あらゆる感情が凍りついていた。

——この若さで地獄をのぞいちまったんだ。無理もねえ……。

黙々とうどんをすする加代の横顔に、ちらりと目をやりながら、鬼八はそう思った。

3

若年寄・田沼意正が事件を知ったのは、翌日の朝だった。

中野播磨守があわただしく訪ねてきて、昨夜の一件を報告したのである。

「そうか……、大黒屋が殺されたか」

茶をすすりながら、田沼がいった。意外にもその表情に驚きの色はなかった。むしろ恬《てん》淡《たん》としている。

「松平楽翁の密偵の仕業に相違ございませぬ」

「おそらくな……、しかし播磨どの、これで手間が省けたぞ」

「と申されると?」

「いずれ大黒屋とは手を切らねばならぬと思っておったが……、その手間を楽翁が省いてくれたというわけじゃ」

「なるほど……」

播磨守がにやりと嗤った。

「吉報がある。昨日、ご老中・水野出羽守さまに金子をお渡しして、例の件をよしなにお願いしたところ、快く了諾してくださった」

「さようでございますか」

「さっそく上様にご献言申し上げるとおっしゃっておられた。智龍院には早晩、御祈禱所《ごきとうしょ》お取り扱いのご沙汰《さた》が下されるであろう」

「思し召しありがたく承りました。天海に相代わりまして、手前からも厚く御礼申し上げます」

うやうやしく叩頭《こうとう》した。

「これを縁に播磨どのとも従前以上に交誼《こうぎ》を深めたい。たまにはお美津の方ともども拙宅に遊びにまいられよ」

「ははっ」

播磨守は、お手付き御中臈・お美津の方の養父である。若年寄の田沼がこれほどまでに播磨守と智龍院の天海に肩入れするのは、

——将を射んとせば馬を射よ。

の諺《ことわざ》どおり、二人を通じてお美津の方との関係をよりいっそう緊密にしたい、という打算が働いたからにほかならない。

言い換えれば、それだけ御中臈・お美津の方の大奥での権勢、あるいは表向き（政事）に対する影響力が強いということでもある。

十代将軍・家治《いえはる》が病没したさい、意正の父・田沼意次《おきつぐ》は大奥の女中たちから、あらぬ誹《ひ》

誹謗中傷をあびせられた。

『翁草《おきなぐさ》』には、こう記されている。

「大奥の女中、口々に主殿頭《とのものかみ》（意次）御上へ毒薬を差上げたりと、数千の女中罵《ののし》ること夥《おびただ》し」

あろうことか、将軍毒殺の犯人と名指しされたのである。こうした大奥勢力の悪意に満ちた中傷が、結果的に田沼意次の失脚につながったのである。

――大奥を侮《あなど》ると手ひどい目にあう。

それが父・田沼意次の失脚から得た教訓であった。

その夜・江戸城大奥では――。

御中臈・お美津の方のもとに、久々に将軍家斉《いえなり》からお声がかりがあった。

将軍が、お手付き御中臈と同衾《どうきん》するときは、あらかじめ表の御小姓《おこしょう》、または御納戸《おなんど》から大奥の表使を通じて、その旨沙汰《さた》がある。

指名を受けた御中臈は、白無垢《しろむく》姿、髪を櫛《くし》巻きにして、かんざしは差さず、半刻（一時間）ほど前に将軍の寝所（正しくは小座敷という）におもむくのである。

戌《いぬ》の下刻（午後九時）。

大奥のしきたり通り、お美津の方は白無垢に着替えて長局《ながつぼね》を出て寝所に向かった。

寝所で待ち受けていた上臈《じようろう》御年寄が、お美津の方の髪を解き、中に凶器や秘密の文などが隠されていないか、丹念に改める。

「よろしゅうございます」

御年寄の改めがおわると、お付きの女中がお美津の方の髪をなおし、御年寄、御添寝《おそえね》中臈、御坊主（剃髪《ていはつ》した女）とともに将軍のお成りを待つ。

寝所の上段の几帳（とばり）が外され、すでに床がのべられている。蒲団《ふとん》は、紅縮緬《ちりめん》、金襴《きんらん》縁取りの敷蒲団に、唐織白地に鶴亀松竹梅のめでたい模様を縫い取りにした華美な掛け蒲団である。

枕元には連台、鼻紙台、乱れ箱、煙草盆などが並べられている。

二更――亥《い》の刻（午後十時）。

お鈴廊下の鈴が鳴った。将軍のお成りを知らせる鈴である。

寝所に家斉が入ってきた。中肉中背、神経質そうな顔つきをしている。

家斉、このとき五十二歳。一見したところ、四十数人の愛妾《あいしょう》・側室を持ち、五十三人の子女をもうけたほどの絶倫家には見えない。むしろ腺病質《せんびょうしつ》な印象を受ける。

「ご渡御《とぎょ》あそばされまして、まことに祝着《しゅうちゃく》至極に存じまする」

上臈御年寄がうやうやしく挨拶《あいさつ》をして、家斉から佩刀《はいとう》を受け取り、刀架けにかける。

御添寝中臈が家斉の着替えを手伝う。脱いだお召し物は乱れ箱におさめる。

「今宵は、添え寝は無用じゃ」

家斉が御年寄に命じた。

『大奥法度』では、将軍を中央にして、その右側にお手付き御中臈、左側に御添寝中臈が「川の字」になって寝る決まりになっている。

添え寝は、お手付き御中臈が房事の最中に将軍に重大な「おねだり」をしたり、表向きの政事に介入したりすることを防ぐための監視役である。

「余が許す。皆は下がってよい」

家斉が、重ねて人払いを命じる。

『大奥法度』で定められたこととはいえ、将軍の命とあれば従わぬわけにはいかぬ。

御年寄、御添寝中臈、御坊主たちは、屏風《びょうぶ》を引きまわし、一礼して次の間に退《さ》がった。

家斉が床につくと、白無垢のお美津の方もつつましやかに蒲団に体をすべり込ませる。

ふたりは横向きになって、向かい合うように寝る。

「ひさしぶりだのう、お美津」

家斉がやさしく声をかける。

家斉には四十数人の愛妾や側室がいる。単純に計算しても、褥《しとね》の順番がまわってくるのは一ケ月半に一度ということになる。

「この夜をお待ちいたしておりました」

「そうか、ふふふ……」

家斉はうれしそうに笑って、お美津の方の胸元に手をさし込む。ふくよかな乳房が指先にふれる。ゆっくり揉みしだく。

「あ、ああ……」

小さくあえぎながら、お美津の方が煽情的《せんじようてき》に身をくねらせる。家斉の欲情をさそっているのである。

家斉の息づかいがしだいに荒くなる。

「脱げ」

低く命じた。閨房《けいぼう》でも将軍は命令口調である。手《て》ずから着物を脱がせることはしない。すべて相手まかせなのだ。

「はい」

家斉の命に、お美津の方は従順に従う。

つつましやかな挙措で蒲団の上に正座し、白無垢を脱ぎ、白綸子《りんず》の腰巻をはずす。

全裸になる。ゆたかな乳房、くびれた腰、股間に黒々と茂る秘毛、肉づきのいい腿、しなやかな下肢……。

家斉が、愛《め》でるようにお美津の方の裸身を撫《な》でまわす。

「あっ、ああ……」

お美津の方が狂おしげにあえぎながら、上体を弓なりにのけぞらせる。乳房がゆさゆさと揺れる。その乳房をわしづかみにして、家斉は口にふくむ。乳首を軽く咬《か》む。

歴代将軍の中でも、稀《まれ》に見る漁色家といわれるだけに、家斉はさすがに女の悦ぶツボを心得ている。性技もたくみだ。秘所に指を入れる。しとどに濡れている。

4

「つぎは、余が愉《たの》しむ番じゃ」

鷹揚《おうよう》にいって、家斉がごろりと仰向けになった。

「はい」

と一礼して居ずまいを正し、家斉の寝巻のひもを解き、下前をはらりと左右にひろげる。

下帯はつけていない。着替えのときに外したのであろう。勃起した一物が股間に垂直に立っている。

お美津の方が一物を指でつまんでしごく。しごきながら、体を折って口にふくむ。

「うっ、うう……」

仰臥したまま家斉がうめく。

お美津の方の指が激しく動く。

「よ、よい！……そろそろ、まいるぞ、お美津」

「はい」

口から一物を引きぬく。同時に白濁した精水がドッと飛び散る。萎《な》えかけた一物を指でつまんで、お美津の方がふたたび口にふくむ。たちまち回復する。

世に喧伝《けんでん》されている通り、家斉はおそるべき絶倫男である。昇天するのも早いが、回復力も早い。五十三人の子女をもうけたという話もあながち虚説ではあるまい。

「お、お美津」

「はい」

「は、はやく、そちの中に入れてくれ」

「かしこまりました」

お美津が中腰になって、家斉の股間にまたがる。そしてゆっくり腰をおろす。怒張した一物が肉ひだを押しわけて、秘所の奥に深々と突き刺さってゆく。

家斉は、じっと目を閉じて下腹から突き上げてくる快感にひたっている。

そんな家斉の恍惚《こうこつ》の表情を見下ろしながら、

「上さま」

お美津の方がそっと話しかける。

「何じゃ」

「ご持病のお頭痛はいかがでございましょうか」

「うむ。そちの加持祈禱が効いたようじゃ。このところ頭痛はおさまっておる」

「わたくしの力ではございませぬ。中野家の菩提寺《ぼだいじ》・智龍院のご霊験のせいでございましょう」

いいながら、お美津の方が激しく腰をまわす。

「さようであったな……。うっ、うう……、よ、よい、よいぞ。お美津」

「ああ、わたくしも……、わたくしも」

と、お美津の方が上体をのけぞらせ、

「上さまにお願いの儀がございます」

うわごとのように口走る。

「ま、待て。その前に……、うっ！」

二度目の欲情が炸裂した。家斉の身体がぐったりと弛緩《しかん》する。呼吸が荒い。

お美津の方は、ゆっくり腰を上げて、一物を引きぬくと、枕紙でていねいにそれを拭《ふ》きとり、家斉のかたわらに横になった。

「願いの儀とは何じゃ？」

家斉が訊く。

「智龍院をぜひ将軍家御祈禱所お取り扱いにしていただきとうございます」

とお美津の方の豊満な乳房を子供のようにもてあそびながら、

「出羽（老中・水野出羽守）から聞いておる。余に異存はない。ただちに祈禱所扱いの墨付きを与え、五千石の朱印地を下賜するよう、出羽にはその旨きっと申しつたえておいた」

「さようでございますか。上さまのご恩寵お礼の言葉もございませぬ。父もさぞよろこびましょう」

——これが大奥法度で禁じられている「おねだり」の実態である。

「もうひとつわがままを言わせていただければ……」

お美津の方が上目づかいに家斉の顔を見やる。

「何じゃ、言うてみよ」

「一日もはやく、上さまの御子を授かりとうございます」

甘くささやき、家斉の股間に手をのばして萎《な》えた一物を指でつまんだ。

「それればかりはのう……」

と言いかけて、家斉がふいに「うっ」とうめいてのけぞった。たちまち一物が硬直する。お美津の方が、乳房の谷間に一物をはさんでこすりはじめたのである。

家斉とお美津の方は、ふたたび睦《むつ》み合った。三度目の媾合《まぐわい》である。

「その話なら……」

翌日の午後。

智龍院方丈の奥書院に、お美津の方の姿があった。

「上さまがそう申されたのか？」

中野播磨守が疑わしげに聞き返す。

「はい、将軍家御祈禱所取り扱いのお墨付きと、五千石の朱印地を下賜するよう御老中・水野出羽守どのに申し伝えたと、たしかに上さまはそうおおせられました」

「五千石！」

天海が瞠目《どうもく》する。

播磨守がにやりと笑みを泛かべ、

「天海どの、これでどうやら永年の悲願が成就しそうだのう」

「ありがとう存じます。ひとえに中野さまのお力添えのおかげでございます。あらためて御礼申し上げまする」

天海が両手をついて叩頭した。

「いやいや、礼を申すなら、お美津に……いや、お美津の方に申されよ。わしがここまで出世できたのも、お美津の方のご余光あってのこと……。身ひとつで、実の親の天海殿と養い親のわしをここまで引き上げてくれたのじゃ。これ以上の親孝行はあるまい」

「それより父上」

と、お美津の方がふたりの顔を交互に見やり、

「上さまからお墨付きをいただいた以上、もはやあの者たちの役割は済みました」

「あの者たちとは？」

天海がけげんそうに訊き返す。

「深川の岡場所の楼主たちです。あの者たちの口から万一『玉競り』の一件がもれるようなことがあれば、これまでの苦労は水の泡。いまのうちに禍根《かこん》は断ち切っておいたほうがよろしいかと……」

「心配は無用だ。すでに大黒屋はこの世におらぬ」

播磨守がそういうと、お美津の方が厳しい口調で、

「いえ、それだけでは万全とは申せませぬ」

「では、残りの六人も消せと……？」

天海が険しい顔で訊く。

「人の口に戸は立てられませぬ。秘密を知る者はすべて……、ひとり残らず始末していただきとうございます」

お美津の方が、きりりと柳眉《りゅうび》を逆立て、鬼女のように残忍な顔つきでいった。

「お二方のためばかりでなく、大奥御中臈としてのわたしの立場を守るためにも、ぜひそ

うしていただきたいのです」

「わかった」

天海がうなずいた。

「すぐに手配りいたそう」

ただちに一ノ坊の配下が深川七場所に飛び、六人の楼主たちを「厄除《やくよ》け法会《ほうえ》」という口実で智龍院の護摩堂に呼び集めた。

5

護摩壇の燃えさかる炎の中に護摩木をくべながら、天海が低いだみ声で慈救呪《じくじゅ》を唱えている。
ナマク　サマンダバサナラン
センダマカロシヤナ　ソワタヤ
ウン　タラタ　カンマン
背後の板敷きに白の修行着をまとった六人の男がずらりと居並び、神妙な顔で合掌している。護摩壇の横の蓮台《れんだい》には、お美津の方が座している。
天海の慈救呪の声がひときわ高まる。お美津の方がおもむろに六人の男たちを見回し、

「では、土橋の『恵比須屋』どの」

指さす。

「はい」

と『恵比須屋』作右衛門が立ち上がる。

「垢離場《こりば》のほうへどうぞ」

若い修行僧が作右衛門を護摩壇の裏の出口に案内する。

扉を押し開けると、そこは薄暗く、冷え冷えとした土間であった。一隅に掘り抜き井戸がある。井戸のかたわらに一ノ坊が金剛杖《こんごうづえ》を持って立っていた。

「こちらへ」

一ノ坊にうながされて、作右衛門は井戸端に歩み寄り、しずかに目を閉じて合掌した。

一ノ坊が背後にまわり込む。

刹那《せつな》、

「おりゃッ！」

凄《すさ》まじい掛け声を発して、抜き打ちざまに作右衛門の首をはねた。金剛杖と見えたのは仕込み刀であった。ごろんと音を立てて作右衛門の首が床にころがった。切断面からおびただしい血が奔出している。

奥に控えていた配下の山伏が、釣瓶《つるべ》で井戸の水を汲《く》みあげ、飛び散った血を洗い流して作右衛門の首と胴体を外に運び去る。

ややあって、『毘沙門屋』の久兵衛が入ってきた。

「こちらへ」

作右衛門と同じように井戸端に立たされ、同じ段取りで首をはねられた。

こうして、深川七場所の六人の顔役たちは、わずか四半刻（三十分）あまりの間に、ひとり残らず闇に屠《ほふ》られたのである。


翌日の酉《とり》の上刻（午後六時）。

ふたりの供侍を従えた大名駕籠が、伊勢桑名十一万石・松平越中守の築地下屋敷の門をひっそりとくぐっていった。

寸刻後、屋敷内の楽翁の隠居屋敷『浴恩園』の小書院（応接間）に、対座するふたりの武士の姿があった。ひとりは楽翁であり、もうひとりは寺社奉行・脇坂淡路守である。

「上さまのご沙汰が下った？」

楽翁が眉根をよせて訊き返した。

「はい。本日、御老中・水野出羽守さまより、その旨申し渡されました」

「すると、智龍院は正式に将軍家御祈禱所お取り扱いということに……？」

「五千石の朱印地が給されるとのことでございます」

「五千石とは、またずいぶんと大盤振る舞いをしたものじゃのう」

「いかに上さまのご裁可とはいえ、寺社奉行の私としては、このご沙汰断じて承服いたしかねます!」

弱冠三十二歳の淡路守は、端正な顔を紅潮させ、怒りに声を顫《ふる》わせた。

「そこもとの気持ちはようわかるが……」

楽翁が慰撫《いぶ》するようにいう。

「血気にはやって、短慮はなりませんぞ。短慮は」

「楽翁さま」

淡路守が居ずまいを正して向きなおった。

「ことが決定した以上、私ごとき若輩にできることは一つしかございませぬ」

「と申されると?」

「みずからお役を退くことでございます」

「寺社奉行の職を退かれるおつもりか!」

「おのれを曲げてまで、お役にとどまるつもりは毛頭ございませぬ。それに……」

と言葉を切って、淡路守は目を伏せた。

「それに?」

「上さまのご裁可に異議を唱えた不敬のとがめを受けて、いずれ御老中からお役御免のご沙汰がくだされるのは必定《ひつじょう》……。ならばその前にみずからお役を退いたほうがよいのではないかと――」

「なるほど、水野出羽守ならやりかねまいな」

楽翁は暗澹《あんたん》と吐息をつきながら、

（似ている。この男、ますますわしの若いころに似てきた……）

内心、そうつぶやいた。

楽翁が政権の座についたのも、ちょうど淡路守と同じ年頃であった。そして在任わずか六年、旧田沼派の大名や大奥勢力の陰謀によって政権の座を追われた。

政事の世界では、

――出る杭《くい》は打たれる。

という俚諺《りげん》が常識と化している。淡路守のように正義感にあふれた若々しい人材が、腐敗した権力の手によって押しつぶされてゆく現実に、楽翁は絶望的な悲しみを感じていた。

「私はこれまで志をもってお役をつとめてまいりましたが……、つくづくおのれの無力さを思い知らされました。私ひとりの力ではいまのご政道を変えることはできませぬ」

といって淡路守は寂しげに微笑《わら》い、

「そう悟ったいまは、むしろ肩の荷がおりたような気もいたします」

「そこもとの心中お察し申しあげる。かくいうわしも、いまは政事から退隠した身、何のお役にも立てぬが、気散《きさん》じの話し相手ぐらいなら、いつでもお相手でき申す。遠慮なくお立ち寄りくだされ」

「ご厚情かたじけのうございます」

淡路守が深々と低頭した。

それから二人は別室にうつり、酒を酌みかわしながら、一刻（二時間）ほど歓談した。

淡路守が屋敷を退出したのは初更、戌の刻（午後八時）である。

薄雲がかかった夜空に、ほっそりと痩《や》せた弦月がおぼろに滲《にじ》んでいる。

淡路守の駕籠は築地から銀座を経由して、鍛冶橋《かじばし》方面に向かっていた。

京橋川にかかる白魚橋にさしかかったときである。突然、行く手の闇のなかに四つの黒影がわき立った。いずれも黒布で面を覆い、全身黒ずくめの侍たちである。

駕籠を先導していたふたりの供侍が、はたと足を止めて刀の柄頭に手をやり、

「何奴！」

油断なく身がまえて誰何《すいか》した。

黒装束の侍たちは、無言で刀を抜きはなった。

「曲者《くせもの》！」

「寺社奉行・脇坂淡路守と知っての狼藉《ろうぜき》か！」

叫びながら、ふたりの供侍は抜刀して駕籠の左右に立ちはだかった。四つの黒影がいっせいに地を蹴《け》って駕籠を包囲した。

「ひゃっ」

悲鳴をあげて陸尺《ろくしゃく》が逃げ散った。

「おのれ！」

駕籠の右手に立った供侍が猛然と斬り込んだ。

キーン！

黒影が刀をはねあげる。と同時にべつの影が袈裟がけにその侍を斬り棄てた。左方の供侍が三人の黒影を相手に必死に斬りむすんでいる。駕籠の引き戸を開けて、淡路守が飛び出してきた。

「何者だ！」

黒影たちは応えない。無言のまま、じわじわと包囲網を縮める。

淡路守も抜刀して身がまえた。

四つの黒影が同時に斬りかかってきた。その動きには一分の狂いもなく、見事に連携している。太刀さばきも迅い。

供侍と淡路守は、嵐のように襲いかかる白刃を必死にはね返した。

が、それも束の間であった。淡路守をかばって四人の前に立ちはだかった供侍が、膾《なます》のように斬りきざまれて地に倒れ伏した。

供侍の返り血を浴びて、血だるまになった淡路守は、刀を正眼に構えながらじりじりと後退する。四人の黒影は、獲物をとらえた禽獣《きんじゅう》のように獰猛《どうもう》な目つきで一歩一歩間合いをつめてくる。

いきなり一人が斬りかかってきた。淡路守は横に跳んで切っ先をかわした。が、それは見せ太刀だった。跳んだ位置にべつのひとりが待ち受けていたのである。かわす間もなく、下から逆袈裟に斬られた。

大きくのけぞったところへ、さらに一太刀が飛んできた。鮮血をまき散らして、がくっと前のめりによろけた。この瞬間に勝負は決していた。

四本の白刃が容赦なく襲いかかる。淡路守は、それでも必死に立ちつくす。髷《まげ》が乱れ、着物がずたずたに裂け、全身血まみれの凄愴《せいそう》な姿で仁王立ちしている。

一人がとどめの一突きを胸板にぶち込んだ。淡路守の体がぐらりと揺らぐ。

「む、無念……」

うめくように一言吐き棄て、ドッと地面に倒れ伏した。黒ずくめのひとりが淡路守の頸《くび》に手をあて、その死を確認すると、

(退け)

ほかの三人に無言の下知《げち》をくれて、風のように闇の彼方に走り去った。

血臭を嗅《か》ぎつけたのであろう。どこからともなく数頭の野良犬が集まってきて、路上に倒れ伏した淡路守の死体の血をぺろぺろと舐《な》めはじめた。

第七章　謀略

1

燭台《しょくだい》の明かりに小柄な影を落として、田沼意正がひとり黙然と盃をかたむけていた。

飯田町の相良藩江戸藩邸の書院である。

「ふふふ……」

盃の酒をなめながら、田沼がふくみ笑いをもらした。

「これで楽翁に一矢《いっし》報いることができる」

口の中でぶつぶつとつぶやいて破顔する。いつになく上機嫌である。

仇敵《きゅうてき》・松平楽翁には、これまでにも散々煮え湯を飲まされてきた。つい先日も、徒目《かちめ》付《つけ》配下の御小人目付が四人殺された。あれも楽翁の刺客の仕業に相違ない。

——このままでは腹の虫がおさまらぬ。何としても楽翁にひと泡吹かせてやらねば……。

この数日、それればかりを考えていた。そして思いついたのが、寺社奉行・脇坂淡路守暗殺という大胆かつ陰湿な企みだった。

若輩のくせに老中・水野出羽守の施政に異を唱え、青臭い正論を吐く淡路守は、田沼にとってても小うるさい蠅《はえ》だった。

淡路守は、松平楽翁を心から尊信し、しばしば築地の『浴恩園』を訪ねて、現政権の批判をしていると聞く。

その淡路守を闇《やみ》に葬ることは、反水野勢力の台頭をふせぐことにもなり、同時に楽翁へ痛烈な鉄槌《てっつい》を下すことにもなる。まさに一石二鳥の妙案であった。

二杯目の酒を飲みほしたとき、廊下に足音がひびき、

「殿……」

と襖《ふすま》越しに声がした。

「兵藤か」

「はっ」

「入れ」

襖がすっと開いて、兵藤隼人が入ってきた。鉄紺色の小袖《こそで》に同色の袴《はかま》といういでたちである。一度屋敷に戻って着替えてきたのだろう。髷《まげ》にもまったく乱れがない。

「して、首尾は?」

「仕留めてまいりました」

先刻、脇坂淡路守を襲ったのは、この兵藤と配下の御小人目付たちであった。

「そうか……、ご苦労」

満足げにうなずき、盃に酒を満たして差し出した。

「ま、一杯」

「頂戴《ちょうだい》つかまつります」

受け取って飲む兵藤へ、

「だがのう兵藤、これで仕事が終わったわけではないぞ」

「と申されますと？」

「楽翁のことだ。このまま黙っているとは思えぬ。必ず次の手を打ってくるはずじゃ」

「はあ……」

「その手を封じ込める妙手がある。そちにはもうひと働きしてもらわなければなるまいのう」

「殿のご下命とあらば悦んで——」

「うむ」

田沼がにやりと嗤《わら》った。父の田沼意次ゆずりなのだろうか。この男が嗤うと品性の卑しさが露骨に顔ににじみ出る。

松平楽翁と田沼一族の宿命的な対立は、両者の身分差に遠因がある、といっても過言ではない。

楽翁（定信）は、八代将軍・徳川吉宗の孫であり、御三卿《ごさんきょう》の筆頭・田安家の出である。世が世なら十一代将軍の座に坐っていてもおかしくない、というより、当然坐るべき人物であった。

次期将軍にいちばん近い位置にいた楽翁が、奥州白河藩の松平家に養子に出されたのは、十一代将軍家斉の実父・一橋治斉と田沼意正の父・田沼意次による謀計だったことは前に詳述した通りである。

その田沼意次は、紀州徳川家の家臣・田沼意行《おきゆき》の嫡男で、十四歳のときに八代将軍吉宗の長子・家重《いえしげ》付きの小姓となり、それを契機に着々と出世の道を歩んで権力をつかんだ男である。

つまり、楽翁と田沼一族は、その出自において主従の関係だったのである。

それゆえ、楽翁は出自の低い田沼意正に生理的な嫌悪感を持っていた。

「父の田沼意次もそうであったが、息子の意正も人品の卑しさが顔に出ておる。あの顔を見るだけでわしはおぞけが立つ」

楽翁は、公然とそういってはばからなかった。

田沼意正は、その卑しさを満面ににじませて、

(楽翁め、いまごろ、さぞ地団駄踏んでいるであろう)

肚《はら》の底でつぶやきながら、また、ふふふとふくみ笑いをもらした。


「死神、おるか!」

市田孫兵衛が血相変えてとび込んできた。

東の空がようやく明るみかけた明け六ツ(午前六時)ごろである。

囲炉裏に火をおこしていた幻十郎が、何事かと立ち上がったところへ、孫兵衛がずかずかと上がり込んできて、

「えらいことになった」

声を顫《ふる》わせて、どかりと囲炉裏の前に腰を下ろした。走ってきたらしく呼吸が荒い。

「どうかしましたか?」

「昨夜、寺社奉行の脇坂淡路守どのが殺された」

「何ですって」

「築地の下屋敷に楽翁さまを訪ねての帰り、何者かに待ち伏せされたらしい」

「公儀の手の者ですか」

「老中・水野出羽守の差し金、と楽翁さまは看ておられる。直接手を下したのは田沼の配下の隠密じゃろう」

「しかし、なぜ?」

「淡路守どのは、智龍院の将軍家御祈禱所《ごきとうしょ》取り扱いに断固反対なさっておった。出羽守は、それが気に入らなかったのじゃ」

囲炉裏の榾木《ほだぎ》にようやく火が燃え移って、めらめらと炎が立った。

孫兵衛はその炎にじっと目をすえた。胸中の憤怒を映すかのように、孫兵衛の眸《ひとみ》の奥に榾火の炎がゆらゆらと揺れている。

「腐りきった幕政の中にあって、脇坂淡路守どのだけが唯一、清廉高潔な御仁じゃった。惜しい人物を喪《な》くしたと、楽翁さまは大変胸を痛めておられる――」

「………」

幻十郎は黙って聞いている。

次の言葉を待つまでもなく、孫兵衛の来意はわかっていた。

「わしが何を言いたいか、もう、おぬしにはわかっておるじゃろう」

「………」

「田沼玄蕃頭《げんばのかみ》を殺ってくれ」

「それは――」

幻十郎が孫兵衛の顔をするどく見すえた。

「楽翁さまの命令ですか」

「いや、命令ではない。あくまでもこれは『仕事』じゃ」

「…………」

「言い値どおり、金はいくらでも払う」

「お引き受けいたしましょう」

「やってくれるか！」

「ただし」

「ただし？……何じゃ」

「相手は相良一万石の大名、そうおいそれと手に落ちる獲物ではございません」

「自信がない、と申すのか」

「やるだけのことはやってみます。しかし、確約はできません。楽翁さまにはその旨、よしなにお伝えください」

「わかった」

と、うなずいて、孫兵衛はふところから切り餅《もち》（二十五両）を取り出し、幻十郎の前にずしりと置いた。

「これは手付けじゃ」

「今回の仕事料は出来高払いということで……」

幻十郎が金子《きんす》を押し返そうとすると、

「ま、いいから取っておけ。万一しくじったら、次の仕事の費用にあてればよい」

と言いおいて、孫兵衛はあわただしく立ち去った。

朝餉《あさげ》の支度をしていた歌次郎が勝手から出てきて、

「もうお帰りになったんですか」

「うむ」

「何か急用でも？」

「えらい仕事を頼まれた……」

幻十郎が「仕事」の内容を説明する。

「若年寄の田沼さまを！」

「いずれは殺らなきゃならねえ相手だからな。その時が少々早くきただけの話だ……。歌次、おめえに頼みがある」

「何でしょうか」

「しばらく田沼の動きを探ってくれ。登城下城の時刻、屋敷までの道すじ、供の侍の数……、委細もれなく調べるんだ」

「承知しやした」

2

深川入船町の大黒屋の別宅に乗り込んで、『井筒屋』の娘・加代の身柄を奪還し、鬼八の『四つ目屋』に連れてきてから五日がたっていた。その間、加代はほとんど口もきかず、奥の部屋のすみにうずくまったまま、まるで魂が抜けたように虚《うつ》ろな目で宙を見すえていた。

「夕めしができたぜ」

鬼八が箱膳《はこぜん》を抱えて入ってきた。炊きたての飯に味噌汁《みそしる》、煮魚、香の物がのっている。

「腹がへっただろ。さ、食いな」

「すみません」

蚊の鳴くような声でそういうと、加代はきちんと膝をそろえて箱膳の前に坐った。

「だいぶ顔色がよくなったな」

鬼八が話しかけると、加代は、はにかむようにふっと微笑を泛《う》かべた。五日目にして初めて見せた笑顔である。化粧を落としたその笑顔には、まだ幼さがのこっている。

「あんた、郷里《くに》はどこだい？」

鬼八が訊《き》いた。むろん加代が『井筒屋』の娘であることは知っている。加代の口を開かせるために水を向けたのである。

「親御《おやご》さんがいるんだろ。いまごろ心配してるんじゃねえのかい」

鬼八が畳みこむようにそういうと、加代はふいに肩を顫わせて小さく嗚咽《おえつ》しはじめた。

「何なら、おれが親御さんのもとまで送ってってやろうか？」

「いいえ」

加代が激しくかぶりを振って、

「こんな……、こんな汚れた躰《からだ》になってしまっては――」

声をつまらせ、堰《せき》を切ったように泣き崩れた。

「もう二度と親元には帰れません」

「そんなことはねえさ」

鬼八が慰撫《いぶ》するようにいう。

「あんたは悪い奴らに騙《だま》されたんだ。それを知ったら、無事に戻ってきただけでも、親御さんは泣いて喜ぶだろう。それが親心ってもんさ」

「………」

「あっしが間に立ってやるから、親元に帰んなよ。あんたはまだ若いんだし、これからいくらでもやり直しがきく。今までのことは悪い夢を見たと思って忘れることだな」

「鬼八さん――」

ふっと顔を上げて鬼八を見た。憑《つ》き物が落ちたようにおだやかな表情になっている。ようやく心を開いてくれたようだ。

「悪いようにはしねえ。このあとの段取りはあっしに任せてくれるかい？」

加代がこくりとうなずいた。

「よし……、そうと決まりゃ、さっそく」

鬼八が腰を上げた。

「親御さんの家を教えてもらおうか」

「日本橋堀留の……」

ためらうように加代が応える。

「質屋『井筒屋』です」

「わかった。ひとっ走り行ってくるから、あんたはここで待っててくれ」

いい残して部屋を出ていった。

不安と期待の入りまじった顔で、加代は夕餉の箸《はし》を運んだ。が、食事が喉《のど》を通らない。

半分ほど残して膳を片づけた。

小半刻ほどして、鬼八が戻ってきた。

「いい人を連れてきたぜ」

「え？」

見ると、鬼八の背後に志乃が立っていた。

「お志乃さん！」

「お加代さん……」

志乃の顔を見て緊張の糸が切れたのか、加代は志乃の躰にとりすがって号泣した。

「事情は鬼八さんから聞きました」

嗚咽する加代の背中を慰めるようにさすりながら、

「つらかったでしょう。でも、もう心配はいらないわ。『井筒屋』さんには、わたしのほうから事情を説明しておきました。さ、もう泣くのはやめて――」

手拭《てぬぐ》いでそっと加代の涙をぬぐう。

「一緒に家に帰りましょうね」

加代が小さくうなずいた。

「その前に、一つだけ聞きてえことがあるんだが――」

鬼八が訊く。

「あんたを騙した悪党どもをこのまま許しておくわけにはいかねえ。思い出すのはつらいだろうが、いったい誰が、どんなからくりであんたを騙したのか、そいつを話しちゃもらえねえかい」

「………」

加代は一瞬ためらった。が、意を決するように、

「牛込の智龍院というお寺の住職と……、お旗本の中野播磨守、それに……」

「それに？」

「大奥御中臈《おちゆうろう》のお美津の方」

その三人が御殿奉公を「餌《えさ》」に商家の娘たちを騙し、智龍院で「玉競り」にかけたうえ、深川七場所の楼主たちに売り飛ばしていた――という事実を、加代は途切れとぎれに打ち明けた。

「ひでえ話だ」

鬼八が眼に怒りをたぎらせて吐き棄てた。

「鬼八さん、お加代さんを家に送って行きますから、あとは頼みましたね」

「ああ」

「さ、お加代さん、行きましょ」

加代の手を取って志乃が立ち上がった。

表には夜のとばりが降りていた。

両国米沢町の辻角で、志乃は町駕籠《かご》を拾い、加代を乗せて日本橋の堀留に向かった。

ぽつり、ぽつりと雨が落ちてきた。

『井筒屋』に着いたのは、六ツ半（午後七時）ごろだった。

伊兵衛夫婦が店の前で待っていた。

「お加代！」

加代が駕籠から降りるなり、母親のお兼が駆けよって加代の躰を抱きしめた。

「おっ母さん」

加代の眼にまた涙が浮かんだ。

「ささ、雨に濡《ぬ》れるから中へ……。お志乃さんもどうぞ」

伊兵衛にうながされて、志乃と加代は中へ入った。

「お父つあん、わたし……わたし……」

と泣き崩れる加代に、

「もういいんだ。お前が無事に戻ってきてくれただけで……、それだけでもう十分なんだよ」

「それにしても、あんまりですよ。『相模屋』の旦那も……。御殿奉公の口ききをしてやると言って、二十両も手数料をとったあげく、大事な娘を岡場所に売り飛ばしてしまうなんて――」

お兼が悔しげに唇を嚙《か》む。

『相模屋』半蔵は、すでに大黒屋の手の者に殺されていた。そのことをお兼も伊兵衛もまだ知らない。

（あとは智龍院の天海と中野播磨守、そして御中臈のお美津の方……、この三人を始末しなければ……）

お加代が受けた心の傷は癒されまい、と志乃は思った。

ちょうどそのころ――。

鬼八は牡蠣殻町に向かっていた。ぱらぱらと落ちてきた雨が『風月庵』の丸太門をくぐったときには本降りになっていた。

鬼八は小走りに家の中にとび込んだ。

「あ、鬼八さん」

奥から歌次郎が出てきた。

「本格的に降ってきやがった」

肩の雨滴を手ではらいながら、板間に上がり込んで、

「死神の旦那はいるかい？」

鬼八が訊いた。

「つい先ほど『仕事』に――」

「仕事？」

「楽翁さまから大変な仕事を頼まれましてね」

歌次郎が茶をいれながら説明する。

この日、歌次郎は下城の田沼意正の駕籠を尾行し、日本橋葺屋町の芝居茶屋『亀屋』に入って行くのを見届けた。

聞き込みの結果、『亀屋』の座敷で田沼と御中臈のお美津の方がひそかに密会することを突き止め、幻十郎に報告したのである。

「田沼を殺るつもりか」

鬼八が険しい眼で歌次郎の顔を見た。

「へい。これを逃したら、二度と田沼を殺る機会はない、と……」

「そうか……。うまくいきゃいいが……」

不安げな顔で鬼八は吐息をついた。

3

日本橋葺屋町の芝居茶屋『亀屋』の二階座敷に、豪華な酒肴《しゅこう》の膳部をはさんで対座するお美津の方と田沼意正の姿があった。

お美津の方は美麗な打ち掛け姿、田沼は肩衣《かたぎぬ》袴《はかま》姿である。

「智龍院御祈禱所取り扱いの件、いよいよ御上《おかみ》よりご沙汰《さた》がおりまして、まことに祝着に存じます。これは手前からのほんのお祝いのしるし。どうぞ、ごゆるりとおくつろぎくださいませ」

田沼が慇懃《いんぎん》に挨拶《あいさつ》をする。

この宴席はお美津の方に取り入るために田沼が設定した饗応《きようおう》である。

「このたびは田沼どのにもいろいろとお力添えをいただき、ありがとうございました。その上、このようなおもてなしを受け、恐悦に存じます」

「ところで、芝居のほうはいかがでございましたか？」

「大変楽しゅうございました。とりわけ市村座の菊之丞《きくのじよう》の艶姿《あですがた》には惚《ほ》れ惚《ぼ》れいたしました」

「さようでございますか……」

田沼がにやりと薄笑いを泛かべ、

「じつは、その菊之丞をこの席によんでおります。さっそくお引き合わせいたしましょう」

「ま、まことですか」

田沼がポンポンと手を打つと、襖がすっと開いて、

「お初にお目もじいたします」

男が敷居際に手をついた。市村座の菊之丞である。当代一の人気役者といわれるだけに、水のしたたるような白皙《はくせき》の美男子である。

「ささ、入りなさい」

田沼にうながされて、菊之丞がお美津の方の前に膝をすすめる。

信じられぬような顔で、ポッと頬を染めるお美津の方に、

「菊之丞にございます。お近づきのしるしにどうぞ」

酌をする。

うれしいやら恥ずかしいやら、目のやり場もなく視線を泳がせて、

「な、何やら夢を見ているような心地です。ほっほほほ……」

お美津の方が照れ笑いを泛かべた。

「これをご縁に一つよろしくお引回しのほどを」

「菊之丞、あとはよろしく頼んだぞ」

と田沼は腰を浮かした。

「承知つかまつりました」

「もう帰られるのですか？」

お美津の方がけげんそうに訊く。

「手前のような老いぼれは目障りでございましょう。どうか心おきなくお楽しみくださいませ」

意味ありげな笑みを泛かべて、田沼は退出した。

それを見送るやいなや、

「お美津の方さまには、特段のおもてなしをするよう、田沼さまからそのように申しつかってございます」

と菊之丞が平伏した。

「特段のもてなし？」

「これでございます」

菊之丞が隣室の襖を引き開けた。

そこにはふた流れの艶《なま》めかしい夜具が敷きのべられてあった。

「そ、それは……！」

お美津の方が瞠目《どうもく》する。

「どういうことじゃ？」

菊之丞は無言のまま隣室に入り、するすると着物を脱ぎはじめた。たちまち全裸になる。

肌は女のように白く、つややかである。

「こういうことでございます」

菊之丞は全裸のまま蒲団《ふとん》の上に仁王立ちになった。その華奢《きゃしゃ》な体には不釣り合いなほど大きな一物が股間《こかん》にぶら下がっている。

お美津の方は、呪縛《じゅばく》にかかったようにふらふらと立ち上がり、隣室に足を踏み入れると、立ちはだかる菊之丞の股間にそっと手を差しのべた。

しなやかな指で愛《め》でるように一物を愛撫する。たれ下がった一物がしだいに膨張してくる。お美津の方がそれを口にふくむ。

「御方さま……」

一歩下がって、菊之丞はお美津の方の口からそれを引き抜いた。

「おもてなしをしろと言われたのは、手前でございます。さ、御方さまもお召し物を……」

菊之丞にそう言われて、お美津の方はそわそわと着物を脱ぎはじめた。

打ち掛けを脱ぎ捨て、着物をはらい落とし、腰の物をはずす。

「どうすればよいのじゃ？」

将軍家斉に接したときの、あの放埒《ほうらつ》さとは打って変わって、全裸のお美津の方はしおらしげに両手で前を隠した。

「夜具に横におなりください」

言われるまま、お美津の方は夜具の上に仰臥《ぎょうが》した。ゆたかな乳房、白くつややかな肌、股間に黒々と茂る秘毛、しなやかな下肢……。将軍家斉を虜《とりこ》にするほどの、美しい裸身である。

かたわらに菊之丞がひざまずき、両の乳房にそっと手をおく。

お美津の方の体がぴくんとそり返る。菊之丞の手がやさしく乳房をもむ。もみながら乳首を口にふくむ。

「あ、ああ……」

お美津の方が狂おしげにあえぐ。将軍家斉の荒々しい愛撫に較べると、菊之丞のそれは身も心もとろけるほど、やさしく刺激的だった。

菊之丞の指が秘所に入った。肉ひだをゆっくり押しわけ、指先で壁をねぶりながら、しだいに奥へ奥へと没入してゆく。

これまで経験したことのない激烈な快感が、お美津の方の体の芯をつらぬいた。

「あっ、だめ……、だめじゃ」

思わず叫声をあげた。

菊之丞の指がじれったいほど緩慢に動く。お美津の方がもどかしげに下腹に手をのばして、菊之丞の手をはらいのけ、一物をつかんで秘所にいざなう。

「そ、そちの物が欲しい……、は、はやく……」

「では」

菊之丞がゆっくり上体を起こし、お美津の方の足元にひざまずく。そして両足首をつかんで、高々と持ち上げて両肩にかける。

お美津の方が腰を浮かせる。

「は、はやく……、入れてたもれ」

菊之丞はしかし、一物を壺口《つぼくち》におし当てたまま入れようとはしない。尖端で切れ目を撫でまわす。じわっと露がにじみ出る。

「だ、だめ……、だめじゃ、はやく！」

菊之丞が一物をずぶりと突き差す。

「あーッ」

悲鳴をあげてお美津の方がのけぞった。と、次の瞬間、菊之丞がつるっと一物を引きぬいた。

「な、なぜ……、なぜじゃ？」

お美津の方が拍子抜けのていで訊く。

「その前に田沼さまからのご伝言がございます」

「田沼どのからの……？」

「お側《そば》御用お取り立ての件、上様によろしくお伝え願いたいとの由」

菊之丞の肩にあられもなく両脚をかけたまま、

「わ、わかった。しかとそのように申し上げておくゆえ……、は、はやく！」

お美津の方があえぐようにいった。

「では……」

と、菊之丞がふたたび一物を挿入する。

「あっ」

のけぞるお美津の方の両脚を抱え、菊之丞が激しく腰をふる。

あたりはばからず甲高いよがり声を発して、お美津の方が狂悶する。

4

沛然《はいぜん》と雨がふっている。

身を切るような冷たい雨である。時刻は五ツ（午後八時）ごろ、すでに街灯りも消えて、四辺は漆黒の闇につつまれている。

田沼意正を乗せた駕籠は、雨に濡れそぼちながら、外濠《そとぼり》沿いの道を小石川方面に向かっていた。供は五人、いずれも雨笠に雨合羽をまとった屈強の侍である。

水道橋をすぎたときであった。

降りしきる雨の中に、ずぶ濡れの人影がわき立った。

駕籠の先頭をゆく供侍が、はたと足を止めて、

「何奴っ！」

闇に目をこらした。

影は物もいわず、泥水をはね上げて駕籠に駆け寄ってきた。塗笠をかぶり、裁着袴《たつつけばかま》をはいた浪人風の男である。

供の侍たちがいっせいに刀を抜いた。

「若年寄・田沼玄蕃頭の乗り物だな」

影が低く問うた。幻十郎の声である。

「貴様、何者だ！」

「死神幻十郎、お命、頂戴つかまつる」

「曲者っ！」

「斬れ、斬れっ！」

雨滴をはじき飛ばして、侍たちが猛然と斬りかかってきた。

しゃっ。

幻十郎の刀が鞘走《さやばし》った。と同時にひとりが叫声を発してのけぞった。

足元の泥濘《ぬかるみ》がたちまち朱に染まる。

雨すだれを斬り裂いて、四本の白刃が襲いかかる。

幻十郎が横ざまに走る。走りながら侍のひとりを斬り伏せる。

血しぶきが飛び、泥がはね上がる。

篠《しの》つく雨、漆黒の闇、入り乱れる影。

ふたりを斬った。残りは三人である。

「おのれ！」

三人目が遮二無二《しゃにむに》斬り込んできた。幻十郎が逆袈裟《ぎゃくげさ》に刀を薙《な》ぎあげる。侍の合羽が裂け、その裂け目からおびただしい血潮とともに切断された内臓が飛び散った。

残りの二人がパッと跳びすさって、駕籠の左右に立った。

血刀を正眼にかまえ、幻十郎がじわじわと駕籠に接近する。全身ずぶ濡れである。降りしきる雨が返り血を洗い流してゆく。

と――ふいに駕籠の引き戸がカラリと引き開けられて、うっそりと男が降り立った。

（あっ）

幻十郎は思わず息を飲んだ。

駕籠から出てきたのは黒ずくめの侍――田沼意正とは似ても似つかぬ男であった。

「ふふふ、かかったな。どぶ鼠《ねずみ》め」

低い、陰気な声で男がいった。

徒目付頭の兵藤隼人である。

「田沼さまは町駕籠でお帰りになった。いまごろは、お屋敷で風呂でも浴びているだろう」

幻十郎は無言で後ずさった。

「おれの配下を殺したのは、貴様だな」

と、いいつつ、兵藤がおもむろに刀を抜いた。

駕籠の左右に立っていた侍が、すかさず幻十郎の背後に廻りこんだ。

幻十郎は半身にかまえて、前後からの挟撃に備えた。

「斬れ！」

兵藤が下知する。同時に背後の侍が地を蹴って斬り込んできた。刹那《せつな》、幻十郎の体が半回転した。しゅっ、と雨滴がはじける。

肉を断つ鈍い音とともに二人の侍が声もなく泥濘に突っ伏した。瞬息の回転技である。

「やるな……」

兵藤の顔が強張《こわば》った。幻十郎がぬかるみを踏みしめながら、一歩一歩間合いをつめる。

兵頭が左に動いた。その動きに合わせて幻十郎も横に跳ぶ。が、その瞬間、いきなり右から刀が飛んできた。左に動いたのは「誘い込み」だったのである。

間一髪、上体をそらして見切った。切っ先がばりっと塗笠のふちを裂いた。

風が立ちはじめた。

横殴りの雨である。

塗笠の裂け目から雨しぶきが吹き込んでくる。視界が曇る。

幻十郎は右腕をまっすぐ伸ばして刀を水平に突き出した。兵藤との間合いを計るためである。兵藤は刀を上段にかまえたまま、微動だにしない。幻十郎が斬り込んでくるのを待っているのである。

両者の腕はほぼ互角である。

幻十郎は内心、

(勝てる)

と踏んだ。兵藤は笠をかぶっていない。頭から水をかぶったようにずぶ濡れである。そこに幻十郎は勝機を見出した。

濡れた髪が兵藤の額に垂れ下がった。それを手でかき上げた瞬間——文字通り「一髪」の隙《すき》がそこに生じた。幻十郎は石火の迅さで刀を突いていた。

ぐさっ!

切っ先が兵藤の頸《くび》をつらぬいた。そのまま兵藤の体が硬直した。

幻十郎が刀を引きぬくと、血へどを吐いて兵藤は前のめりに崩れ落ちた。

ばしゃっと泥水がはね上がる。血のまじった真っ赤な泥水である。

幻十郎は刀の血しずくをふり切って鞘に納め、塗笠のふちを引き下げて背を返した。

「うおーッ!」

突然、背後で異様な雄叫《おたけ》びがした。血だるまの兵藤が幽鬼のような形相で斬りかかってきた。恐るべき執念である。

ふりむきざま、抜き打ちに兵藤の首をはねた。胴を離れた兵藤の首が、泥にまみれながら濠の斜面を転がっていった。


昨夜の雨が嘘《うそ》のように、今朝は雲ひとつない快晴である。

この季節にはめずらしく陽差しも暖かい。

すっかり葉を落とした樹木の枝で、数羽の小綬鶏《こじゅけい》がのんびり羽づくろいをしている。

『浴恩園』の庭園である。

池のほとりに立って、楽翁が鯉《こい》に餌《えさ》を与えていた。背後に市田孫兵衛が、浮かぬ顔で跪《ひざまず》座《ざ》している。

「わしの買いかぶりだった……」

楽翁が怒りを嚙《か》み砕くようにつぶやいた。この日の楽翁は、いつにも増して不機嫌である。孫兵衛も苦渋に満ちた顔で目を伏せている。

「何が死神じゃ！」

「…………」

「物の役に立たぬ木偶《でく》の坊だ」

幻十郎の昨夜の失敗をなじっているのである。

「孫兵衛」

「はっ」

「死神とは手を切れ」

「と申されますと？」

「万一、あの男が田沼の手の者に捕まるようなことがあれば、わしの立場も……いや、息子の定永の立場が危うくなる。もうあの男は無用じゃ。いまのうちに手を切っておけ。今後どうなろうと、当家にはいっさい関わりないと因果をふくめてな」

「しかし、殿……」

孫兵衛が何か言いかけるのへ、

「『風月庵』に住まうことも相ならん。今日中にあの家を出て行くように申し上げるのじゃ。よいな、今日中にだぞ」

有無をいわせぬ口吻《こうふん》でそういうと、苛立《いらだ》つように足を踏み鳴らして楽翁は立ち去った。

そのうしろ姿を苦々しく見送りながら、

「やれやれ……、殿のご勘気には困ったものじゃ」

孫兵衛が困惑げにつぶやいた。

5

同じころ――。

『風月庵』の奥座敷では、幻十郎が古簞笥《ふるだんす》の中から、衣類や身の回りの品、小物などを柳《やな》行李《ごうり》に詰めこんでいた。

勝手で朝餉の後片付けをしていた歌次郎が、手拭いで手を拭《ふ》きながら入ってきて、

「旦那……」

けげんそうな顔で幻十郎を見た。

「どうかなさったんですか？」

「家移りする」

「え」

「おめえも自分の荷物を片づけろ」

「ここを出て行くんですかい？」

「ああ」

幻十郎は楽翁の性格を知りすぎるほど知っている。

孫兵衛から昨夜の一件の報告を聞いた楽翁が、烈火のごとく怒りまくっている姿があり

ありと眼に泛かぶ。

楽翁＝松平定信の現役時代の政治手法は、一言でいえば「信賞必罰」である。失敗した人間にはひとかけらの同情も見せず、再起の機会も与えぬまま、文字通り「弊《へい》履《り》を棄つる」がごとく排除する。楽翁は徹底してそれをつらぬいてきた。

三十余年前、時の権力者・田沼意次とその一派が政権の座からことごとく排除されたのも、そうした楽翁の独善主義によるものであった。

――いつか、おれも切り棄てられるときがくる。

楽翁に命を救われ、松平家の影目付として召し抱えられたときから、幻十郎の胸裡にはその覚悟があった。

そして今……。

来るべきその秋《とき》がきたのである。楽翁の最大の政敵・田沼意正を討ちもらしたことで、もはや死神幻十郎の役割は終わったのだ。

「引導を渡される前に、こっちから出て行ってやろうと思ってな」

「けど旦那……」

ここを出てどうするんですか、と歌次郎が不安な面持ちで訊いた。

「まず貸家を探す。先のことはそれからゆっくり考えるさ」

「あっしはどうすればいいんで？」

「一緒についてくるもよし、おれと離れて別に暮らすもよし。好きなようにしろ」

「わかりました。じゃ旦那についていきます」

と歌次郎も荷物を片付けはじめた。

そこへ、鬼八と志乃が昨夜の首尾を心配して駆けつけてきた。

「旦那……」

ふたりの様子を見て、鬼八と志乃はとっさに事態を悟った。

「しくじったんですかい」

「ああ、敵にまんまと一杯食わされたぜ」

幻十郎が苦笑まじりに昨夜の一件を打ち明けた。

「楽翁との縁もこれっきりだ。今までの蓄えがちょうど四十両ある。山分けにしよう」

袱紗《ふくさ》につつんだ金子を十両ずつ三人の前に置いた。

「これからどうするんですか？」

志乃が心配そうに訊いた。

「一段落したら、用心棒の口でも探すさ」

「その前にわたしのほうから一つだけお願いがあるんですけど——」

「何だ？」

「お加代さんの仇を討ってほしいんです。仕事料はわたしが払います」

志乃が膝元に置かれた十両の金子を、幻十郎に押し返した。

それを受けて、鬼八が、

「獲物は、新御番頭二千石の中野播磨守、牛込智龍院の天海、大奥御中臈・お美津の方……。この三人で」

「うむ」

幻十郎が腕組みで考えこむ。

「中野播磨守と天海は何とかなるが、問題はお美津の方だ。いつ町場に出てくるか、それが読めねえ」

「わたしが殺《や》ります」

志乃が決然といった。

「お美津の方は、大奥の権力を悪用して何の罪もない娘たちを食い物にしたんです。おなじ女として許せません。お美津の方はわたしに殺らせてください」

「しかし」

と言いかけた幻十郎を制して、

「手段《てだて》は鬼八さんと考えました。心配はご無用、わたしだって修羅を歩いてきた女です。ドジな真似はしませんよ」

志乃はそういって微笑った。

鬼八と歌次郎の手前、「やめろ」とはいえなかった。

　ここに集まった四人は、「死」と背中合わせに修羅の道を歩いてきた、いわば運命共同体である。相手が女だからといって私情をはさむことは許されない。

「わかった。お美津の方は志乃と鬼八にまかせよう。あとのふたりはおれと歌次郎がやる……。ここを出て行くのはそのあとだ」

「じゃ」

　と腰をあげる志乃へ、

「志乃」

　幻十郎が呼びとめた。

「この金は持っていけ」

　分け前の十両を差し出した。

「でも……」

「仲間から仕事料を取るわけにはいかねえ。この仕事は『闇の殺し人』の最後の花道だ。銭金《ぜにかね》ぬきでやってやろうじゃねえか」

　といって、幻十郎はにやりと笑った。

　その日の午後――。

智龍院の下見をするために、幻十郎はふらりと『風月庵』を出た。

小網町一丁目の掘割通りに出て、思案橋の南詰にさしかかったときである。

前方から足早にやってくる編笠の武士の姿が目にとまった。

幻十郎がその武士の正体に気づく前に、

「おう、死神……」

相手が先に声をかけてきた。市田孫兵衛である。

「ちょうどよいところで出会った。おぬしに話がある」

「大方、察しはついてますがね」

「まま、歩きながら話そう」

孫兵衛は人目をはばかるように編笠のふちを引き下げて、ゆっくり歩き出した。

幻十郎が並んで歩く。

「殿がまた癇癪《かんしゃく》を起こされた」

孫兵衛が嗄《しゃが》れた声でいった。案の定である。次にどんな言葉がくるのか、幻十郎にはわかっている。だが、黙っていた。

「おぬしたちとは手を切れとな」

「…………」

「『風月庵』から立ち退《の》かせろ、ともおっしゃった」

「そのつもりで荷造りをしましたよ」

幻十郎がいった。

「そうか――」

「もともと私は楽翁さまの家来でもなければ、松平家の禄《ろく》をはむ者でもない……。これで『闇の仕事』の取り引きが終わった。それだけのことです」

「いやいや、楽翁さまはともかく、わしの気持ちの中には、そう簡単に割り切れぬものがある……。いまの腐り切ったご政道を正すには、おぬしたちの力が必要なんじゃ」

「…………」

「のう、幻十郎。楽翁さまはああおっしゃっておられるが、三日ばかり待ってはもらえぬか」

「三日？」

「その間に、わしが何とか楽翁さまを説得する。必ず説得してみせる」

「…………」

「それで駄目なら、致し方あるまい。おぬしたちとはきっぱり縁を切る」

「切るも切らぬも、もともと私は……」

「わかっておる。わしのいうのは、三日間だけ『風月庵』におってくれという意味じゃ。楽翁さまの説得に失敗したら、どこぞと好きなところへ移ってもよい」

「いいでしょう。まだ家移り先も決まっていない。三日ぐらいなら、むしろ望むところです」

「ところで」

と足を止めて、孫兵衛がふり向いた。

「おぬし、どこへ行くんじゃ？」

「牛込の智龍院です」

「智龍院？」

けげんそうに訊き返す孫兵衛に、幻十郎はこれまでのいきさつを漏れなく打ち明けた。

「そうか、あの寺にはそんなからくりがあったのか……」

怒りをふくんだ声でそうつぶやくと、

「まさか、おぬし、その三人を……？」

編笠のふちを押しあげて、幻十郎の顔を見た。

「殺された女たちを供養するために殺るつもりです。先を急ぐので御免」

幻十郎が背を返した。

「ま、待て」

追おうとしたが、ふと思いとどまって、

（それはよい話じゃ。首尾よくいけば楽翁さまを説得する材料になるぞ）

内心つぶやきながら、孫兵衛はにやりと笑った。

第八章　殺しの簪《かんざし》

1

西の空が茜《あかね》色に染まっている。

火の見櫓《やぐら》に止まっていた二羽の鴉《からす》が、ばたばたと羽音を立てて塒《ねぐら》へ帰って行く。

本所入江町の鐘が鳴りはじめた。七ツ（午後四時）の鐘である。

薬研堀の裏路地の奥に、「四つ目結び」の軒行燈《のきあんどん》がぽつんと明かりを灯している。

中年の侍がその前で足をとめ、人目を気にするように左右を見回して足早に中へ入っていった。大奥の下働き（ゴサイ）宇津木六兵衛である。

「いらっしゃいまし」

奥の衝立《ついたて》の陰から鬼八が姿をあらわした。

「あ、宇津木さま、毎度ごひいきに」

「いつものやつを三つもらおうか」

「はい」

愛想笑いを泛《う》かべながら、棚の上の張形《はりかた》を紙につつんで差し出し、受け取る六兵衛の顔を上目づかいに見て、

「じつは、宇津木さまに内密のお願いがあるんですが……」

鬼八が、低い声でいった。その顔からは愛想笑いは消えている。

「内密？」

「ここでは何ですから、どうぞ奥へ」

と奥の部屋に案内し、

「大変ぶしつけではございますが」

六兵衛の前に、いきなり十両の金子《きんす》を置いた。

「な、何だ、この金は？」

六兵衛は思わず息を飲んだ。

前にも述べた通り、ゴサイは公儀の禄《ろく》をはむ侍ではない。高級女中に個人的に雇われた下男である。

宇津木六兵衛は御年寄・瀬島に雇われたゴサイであり、瀬島からもらう給金は年にわずか一両二分にすぎない。十両の金がいかに大金か、推して知るべしである。

六兵衛はごくりと生つばを飲み込んで、膝元に積まれた十両の金子を見つめ、

「で?」

と話をうながした。

「女をひとり、大奥に忍び込ませたいんですが……、その手引きをしてもらえませんかね」

「ちょ、ちょっと待て。おぬし、何を企んでおるのだ?」

「それは聞かねえほうがいいでしょう」

「もし、断ったらどうする?」

六兵衛が探るような眼で訊《き》いた。

「あっしは命がけでお願いしてるんです」

「なるほど……」

六兵衛の顔に薄い笑みが泛かんだ。

「つまり……、断らぬ、と看ての頼みごとだな?」

「蛇《じゃ》の道はへび、と申しやすからねえ」

「ふふふ、わしはへびか――」

「大奥ってところは百鬼夜行の伏魔殿、まっとうな人間が生きていけるような場所じゃねえと聞きやした。宇津木さまなら裏も表もご存じだろうと思いやしてね」

「うむ。おぬしの申す通り、大奥は鬼面夜叉《やしゃ》の棲《す》み家《か》だ。その下で働くわしらは、夜叉のかすりを食って生きている虫けらのようなもんよ」

六兵衛が窪《くぼ》んだ頬に自嘲《じちょう》の笑みをきざみ、

「よかろう。その仕事引き受けた」

十両の金子を無造作につかみとって、ふところに納めた。

「わしは何をすればよいのだ？」

鬼八が簞笥《たんす》の抽斗《ひきだし》から料紙と矢立てを取り出し、

「まず、大奥の図面を描いてもらいてえんで」

「詳しくはわしも知らんが——」

「大まかで結構です」

六兵衛が筆をとって、紙に大奥の見取り図を描きはじめた。

江戸城大奥は、「御殿」「御広敷《おひろしき》」「長局《ながつぼね》」の三つの区域に分かれている。

「御殿」は、将軍の寝所や御台所《みだいどころ》（将軍の正室）の御座敷、仏間などがあり、その東側に大奥の庶務を扱う「御広敷」がある。

「長局」は高級女中たちの個室であり、一棟に十数部屋あった。「御殿」に近いほうから「一の側」「二の側」「三の側」と棟がならんでいて、女中の身分と格式によって「一の側」から順番に部屋が与えられた。

六兵衛が描いた絵図面によると、お美津の方の「長局」は二の側にあるらしい。

下級の女中の出入口は「七つ口」で、公用の外出の場合は、ここから平河門を通って城外に出るのである。

「平河御門の閉門の時刻はたしか……」

「七ツ（午後四時）だ」

「じゃ、あした八ツ半（午後三時）に護持院ケ原の三番原で落ち合いやしょう。細かい段取りはそのときに……」

「わかった」

図面を描き終わると、六兵衛はそそくさと帰っていった。

そのころ――。

『風月庵』の板間の囲炉裏の前で、歌次郎が下見の報告をしていた。

「中野播磨守の屋敷は麴町《こうじまち》二丁目の北はずれにあります」

幻十郎が板敷きに江戸図をひろげる。

「このあたりだな」

「へい。かなり広い屋敷です」

二千石級の旗本の屋敷は三十三間四方、敷地はおよそ千坪で、門は番所付きの長屋門、塀は海鼠《なまこ》壁である。

軍役は、侍九人、そのほかに若党《わかとう》、足軽《あしがる》、中間《ちゅうげん》、下女下男をふくめて三十人ほどの所帯である。

「登城下城は、いつも同じ道を使っております」

と歌次郎が江戸図に道すじを書き込む。

「殺るとすれば、下城の途中だ」

旗本の下城の時刻は八ツ半（午後三時）、中野播磨守は馬に乗り、供侍は四人、ほかに槍《やり》持ちと挟箱《はさみばこ》持ちがふたりずつ、馬の口取り、草履取り、中間など、総計十一人の供揃《ともぞろ》えだという。

「供侍は四人か……」

囲炉裏の榾火《ほだび》に目をすえながら、幻十郎がつぶやいた。

敵はその四人と見ていいだろう。ほかの七人は、武芸の心得のない足軽と中間である。数の内には入るまい。

「まず播磨守から片づけるか――」

「智龍院のほうはどうでした？」

「将軍家御祈禱所《ごきとうしょ》取り扱いの墨付きをもらったせいか、だいぶ警戒がゆるんだ。山門の張り番は山伏がふたり、こいつを斬《き》り伏せれば何とかなるだろう」

「念のためにこれを用意しておきました」

歌次郎が風呂敷包みを披《ひら》いた。

中身は鎖帷子《かたびら》と脇差である。

「鬼八のほうはどんな様子だ？」

「今日中には段取りをつけると言ってましたがね」

「そうか……」

正直なところ、幻十郎が心配しているのは鬼八ではない。志乃である。できれば危険な「仕事」を志乃にやらせたくなかった。とりあえず中野播磨守と智龍院の天海のふたりを仕留め、お美津の方を後まわしにするという方策もある。お美津の方が外出する日を待って、幻十郎自身が殺ればいいのだ。

――一日二日、急ぐことはあるまい。

幻十郎は差料《さしりょう》を持って立ち上がった。

「お出かけですか？」

「四つ目屋に行ってくる」

むろん、これは嘘《うそ》である。志乃の家を訪ねるつもりなのだ。

夜道を歩きながら、なぜか心の中に波立つような焦燥感を覚えた。

今度の「仕事」は楽翁から依頼された仕事ではない。金にもならぬ。何の報いもない仕事に命を張ろうとしているおのれの愚直さに、幻十郎は苛立《いらだ》っていた。

いや、おのれだけならいい。志乃までを巻き込んでしまった悔恨が、心の底に重く沈殿している。

堀留町に出た。

前方に質屋『井筒屋』の招牌《かんばん》が見えた。店は閉まっている。

路地を右に折れて、裏木戸を押して庭に入る。離れ屋の障子にうっすらと明かりがにじんでいる。志乃はまだ起きているようだ。

2

人の気配に気づいて、志乃が奥から出てきた。がらりと引き戸が開いて、幻十郎が入ってきた。

「旦那……」

「ちょっと、いいか？」

「どうぞ、どうぞ」

部屋に上がり込むと、幻十郎は火鉢の前にどかりと腰を下ろした。

「お酒にしますか」

「いや、かまわんでくれ。それより、お前に話があるんだが――」

「何ですか？」

いぶかしげに幻十郎の前に着座する。

「例の仕事はやめてくれ」

「なぜ……？」

「お美津の方はおれが殺る」

志乃の顔がふっと曇った。

「信用してないんですね。わたしを」

「それは違う。お前を危ない目にあわせたくないんだ」

「気づかってくれるのはうれしいけど……」

志乃は切なげに目を伏せた。

「今度の仕事は、わたし自身のためにやるつもりです」

その言葉の意味が、幻十郎には痛いほどよくわかっていた。

亭主が残した莫大《ばくだい》な借金のために、志乃はみずから吉原の切見世《きりみせ》に身を売った。来る日も来る日も、あの薄暗い、陰気な切見世の部屋で、男たちの快楽の道具として体をもてあそばれた。まさに地獄の日々だった。

「言ってみれば、わたしも一度死んだ女なんです。命は惜しくありません」

「…………」

「一度地獄を見てきただけに、お美津の方を憎む気持ちは誰よりも強いんです。その憎しみをこの手で示してやりたい。そうしなければ、わたし自身が納得できないんです」

「それで……」

幻十郎が志乃の顔を見据えた。

「仕事の段取りはついたのか?」

「鬼八さんが大奥のゴサイに手引きを頼んだそうです」

「手引き?……大奥に乗り込む気か」

志乃がこくりとうなずいた。

「危ねえ橋だ」

幻十郎がうめくようにいった。

「旦那だって、何度もその橋を渡ったじゃありませんか」

「それとこれとは――」

「同じことですよ」

志乃が恬淡《てんたん》と笑って、幻十郎の肩にもたれかかった。

「わたし、死ぬのはちっとも怖くありません。生きることのつらさを思えば、死ぬのは簡単だし、楽ですから……」

ささやくようにいって、志乃が幻十郎の股間《こかん》に手をすべり込ませた。

「旦那に抱かれるたびに、いつも、わたし思うんです。……もうこれっきりじゃないかと……。明日はもう逢えないんじゃないかと……」

志乃の指が下帯の間にすべり込む。一物をつまんでゆっくりしごく。

「旦那が死んだら、わたしは二度と抱いてもらえないし、わたしが死んだら、旦那は二度とわたしを抱くことができない。だから……、だから、いつもこれが最後じゃないかと思って――」

「ねえ旦那」

「志乃――」

幻十郎の脳裏に不吉な予感がよぎった。

(もしかしたら、本当にこれが最後になるかも知れぬ)

そう思うと、無性に志乃が愛《いとお》しくなった。いきなり肩を抱き寄せた。志乃の体が熱い。

畳に押し倒して、唇を吸った。

手早く帯を解く。襟元をおし広げて乳房に顔をうずめる。着物の下前をはらい、腰の物を剝《は》ぐ。

なぜか気が急《せ》く。着物を脱がすのも、もどかしい。そのまま志乃の上におおいかぶさる。

下帯をゆるめ、一物を取り出す。志乃の片脚を持ちあげて、ずぶりと差しこむ。

「あっ、ああ……！」

志乃が喜悦の声を発して、幻十郎の体にしがみつく。激しく腰をふる。

――これが最後になるかもしれない。

ふたりは同じ想いを抱きながら睦《むつ》み合った。いつにも増して熱く、激しく……。


天気のうつろいやすい季節である。

きのうの晴天から一転して、今日は朝からどんよりと鉛色の雲が垂れ込めていた。雨もよいの空である。

石町の八ツ（午後二時）の鐘が鳴りひびいている。

幻十郎は、鎖帷子を着込み、その上から着物をまとった。下は裁着袴《たつつけばかま》である。

両手に黒革の手甲をつける。右の手のひらには麻縄を巻いた。雨に備えてのすべり止めである。

歌次郎の姿はない。現場に先乗りしたのである。

塗笠をまぶかにかぶり、腰に脇差を差し、大刀を持って『風月庵』を出た。

日本橋から外濠《そとぼり》通りに出て、濠沿いの道をまっすぐ西へ上る。

田安御門をすぎたあたりで、ぽつりぽつりと雨が降ってきた。

大した降りではない。霧のような小ぬか雨である。晴天より、この程度の雨のほうがむしろ「仕事」がしやすい。人通りが少なくなるからである。

半蔵御門にさしかかったころには、やや雨脚が強まってきた、人通りもほとんど絶えている。御門の前を右に折れると、麴町一丁目である。

幻十郎は小路に駆け込んで、欅《けやき》の老樹のかげに身をひそめた。塗笠をはずし、黒布で面をおおって、その上からふたたび塗笠をかぶる。

雨はやみそうにもない。烟《けぶ》るように霧雨がふりつづいている。

ややあって、尻っぱしょりの男が小走りに駆け寄ってきた。

歌次郎である。

「旦那、もうじき来ますぜ」

「よし……、おめえは先に『風月庵』に戻っていてくれ」

「へい」

と泥水をはね上げて走り去った。

木陰から顔を出して表通りの様子をうかがう。

霧雨のむこうに人影がにじんだ。中野播磨守の下城の列である。

列の先頭に馬の口取りがひとり、馬上には播磨守、馬の左右に供侍がふたりずつ扈従《こじゅう》し、そのうしろに槍持ちと挟箱持ち、草履取り、中間などがついている。

頃合いを見計らって、幻十郎が一気に飛び出した。

馬の口取りが仰天して足を止めた。

「な、何奴ッ！」

四人の供侍が刀の柄に手をかけて、馬前に立ちふさがった。

幻十郎は無言で刀を抜いた。

槍持ちの足軽や中間たちは、肝をつぶして右往左往している。

「く、曲者ッ！　斬れい！」

馬上の播磨守が叫んだ。四人の供侍たちがいっせいに抜刀した。

刀を上段にかまえ、幻十郎がまっしぐらに突進する。バシャバシャと泥水がはね上がる。

供侍のひとりが正面から猛然と斬りかかってきた。ガシッと刀ごと打ち返し、真っ向唐竹割りに斬り伏せる。

横合いから別の侍が斬り込んできた。一歩跳びすさって切っ先をかわし、斜め上に薙《な》ぎあげた。瞬息の逆袈裟《ぎゃくけさ》である。

侍は血しぶきをまき散らしてぬかるみに転がった。

残るふたりが左右から同時に斬りつけてきた。刹那《せつな》、くるっと体を回転させ、左方の侍の背後に廻りこんで背中に一刀を浴びせ、すかさず体を返して右方の侍の斬撃《ざんげき》に備えた。

「ええい！」

裂帛《れっぱく》の気合とともに右から切っ先が飛んできた。

キーン！

幻十郎がはね上げる。刀が宙に舞って、ぬかるみに突き刺さった。と同時に幻十郎はその侍を袈裟がけに斬り倒していた。

金属音に驚いて、播磨守の馬があばれ出した。口取りの者が必死に轡《くつわ》をとって制止しようとしている。

けたたましく嘶《いなな》いて、馬が棹立《さおだ》ちになった。馬上の播磨守があわてて手綱を引こうとするが、雨で手がすべり、そのままドッとうしろに転倒する。

その機を逃さず、幻十郎が駆け寄った。

「ま、待て！」

播磨守はぬかるみに腰を落としたまま、泥まみれの姿で両手をあげた。

「そ、そちの望みは何だ……。金か？　それとも――」

いいかけて、突然、絶句した。突き出した幻十郎の刀が、深々と播磨守の胸板をつらぬいていた。ぐっと柄頭を押して鍔元《つばもと》まで突き刺す。

「ひいッ」

悲鳴をあげて、足軽や中間たちが逃げ散った。

幻十郎が刀を引きぬく。血を奔出させて播磨守はぬかるみに突っ伏した。

幻十郎は、刀の血脂を播磨守の袴で拭《ぬぐ》って納刀すると、背を返してすばやくその場を立ち去った。

血まみれの死体が五つ、霧雨に打たれて、累々と転がっている……。

3

雨はやんだが上空は相変わらず分厚い雲におおわれ、あたりは夕暮れのように薄暗い。

護持院ケ原の三番原の小さな祠《ほこら》の前に、二つの影が立っていた。

ひとつは鬼八である。もうひとつは、御高祖頭巾《おこそずきん》をかぶった奥女中風の女——志乃であった。

御高祖頭巾と奥女中の着物は、鬼八が日本橋の貸衣裳屋から借りてきたものである。

ややあって、一ツ橋御門のほうから、着物を尻っぱしょりにした一本差しの侍が小走りにやってきた。宇津木六兵衛である。

「宇津木さま」

鬼八が手まねきする。六兵衛が歩み寄ってじろりと御高祖頭巾の志乃を見やり、

「この女か……」

「へい」

「お津奈と申します。よろしくお願いいたします」

志乃が丁重に頭を下げた。

「七つ口が閉まるまで、あと半刻（一時間）しかない。それまでに用を済ませなんだら、あとはどうなろうと、わしはいっさい関知せんからな」

「心得てございます」

「では、行こうか」

六兵衛がうながす。

鬼八が志乃の耳元で、「首尾を祈ってるぜ」と小さくささやいて走り去った。


一ツ橋御門をくぐると、ほどなく前方に平河御門が見えた。

この門は奥女中専用の出入り門で、俗に「平河口」と呼ばれている。

また、江戸城の裏門に当たるところから、別名「不浄門」とも呼ばれ、城内の罪人や死人はすべてここから運び出された。

橋を渡ったところに渡り櫓《やぐら》、高麗門《こうらいもん》があり、御先手組の配下の与力・同心が城門の警備にあたっている。

「お役目ご苦労さまです」

六兵衛は門衛の同心に頭を下げ、腰の革袋から木札を取り出した。これは御年寄の瀬島から下付された「御門札」と呼ばれる通行証である。

六兵衛は、御門札を警備の同心に示し、

「御年寄・瀬島さまお付きのお久美どのにございます」

背後の志乃をふり返った。お久美とは、実在する女中の名前であろう。

「手前がお久美さまのお買い物に同行いたしました」

「ご苦労、通れ」

警備の同心が鷹揚《おうよう》にうなずく。

「ありがとう存じます」

礼をいって、ふたりは平河門を通過した。

砂利道を踏んでしばらく行くと、夕闇の向こうに銅瓦葺《かわらぶ》きの巨大な殿舎が見えた。大奥の建物群である。

奥女中専用の出入口「七つ口」は、建物の東北隅の御広敷にある。

一歩中に入ると、そこはかなり広い土間になっており、左手に「七つ口」の開閉役をつとめる締戸番の詰め所があり、右手にはゴサイたちの控え所があった。

控え所の前に、俗に「てすり」と呼ばれる丸太の勾欄《こうらん》がある。ここでゴサイや御用達商人たちは奥女中の御用を受けるのである。

締戸番の詰め所の前に、「七つ口」を出入りする長持や葛籠《つづら》などの重さを計るための、大きな天秤《てんびん》がおいてある。

正徳年間、大奥の御年寄・絵島がひいきの役者・生島新五郎を長持の中にひそませて長局に連れ込んだ事件（世にいう「絵島生島事件」）以来、十貫目以上の荷物は厳重に中身を改める決まりになったのである。

「ただいま戻りました」

六兵衛が締戸番の役人に「御門札」を示す。御高祖頭巾で顔を隠した志乃が、

「お役目ご苦労に存じます」

一礼して式台に上がる。

締戸番の役人は、まったく疑う気《け》ぶりも見せない。彼らの任務はあくまでも「七つ口」の開閉であり、奥女中の出入りを監視する役目ではなかった。

志乃の頭の中には、宇津木六兵衛が描いてくれた大奥の図面が克明に焼きついていた。

廊下を右に左に曲がって、長局の棟への渡り廊下へ出る。

長局の建物は東から「一の側」「二の側」とつづいて、「四の側」まである。

夕闇が濃い。東西に伸びる長廊下には点々と網雪洞《あみぼんぼり》の明かりが灯っている。上級女中たちの夕餉《ゆうげ》の時刻らしく、膳《ぜん》を運ぶお半下《はした》（下級女中）たちがあわただしく行き交う。

「七つ口」で御高祖頭巾をぬいだ志乃は、顔を伏せて廊下の隅を歩いた。

疑いの目をむける者は誰もいない。

「二の側」の長局の前で足を止めた。

入口に『お美津の方』の名札が張り出してある。

「失礼いたします。お食事をお運びいたしました」

「入りなさい」

中からお美津の方の声がした。

金泥の襖をあけて、中に入る。

背を向けたまま、お美津の方が文机《ふづくえ》で書をしたためている。

志乃は足音を忍ばせて、お美津の方の背後に迫った。そっと髪に手を伸ばし、簪《かんざし》をひき抜く。尖端が針のように鋭く尖《とが》っている。鬼八が作ってくれた「隠し武器」である。

志乃が簪をふりかざした。

と――ふいにお美津の方が、

「膳をおいたら、炭櫃《すびつ》に炭をいれておいてたもれ」

背を向けたまま命じた。

「はい」

と応えて、ふりかざした簪を一気にふり下ろす。

ぶすっ。

簪の尖端がお美津の方の盆の窪《くぼ》に深々と突き刺さった。筆を持ったままお美津の方の体が硬直した。白いうなじに糸を引くように血が流れる。

すっと簪を引きぬく。お美津の方の上体がぐらりと揺れた。文机に突っ伏した。硯《すずり》の上にポタポタと鮮血がしたたり落ちる。

志乃は裳裾《もすそ》をひるがえして、すばやく長局を出た。

――急がなければ……。

七ツ（午後四時）をすぎると「七つ口」は閉ざされてしまう。

長局の長廊下を、お半下たちが夕餉の膳を持ってあわただしく行き交う。志乃は足早に長局をぬけて「七つ口」に向かった。締戸番の役人たちが戸締りの支度にかかっていた。

志乃は手早く御高祖頭巾をかぶって式台を下り、

「宇津木さま……」

六兵衛を呼んだ。ゴサイの控え所から六兵衛がのっそりと出てきた。

「何か？」

「御年寄の瀬島さまから、急な御用をおおせつかりました。恐れいりますが、平河御門までお送りくださいまし」

「承知しました」

六兵衛が何食わぬ顔でうなずき、

「すぐ戻ってまいりますので」

と締戸番の役人に一礼し、志乃をうながして出ていった。

4

幻十郎は麴町から牛込七軒寺町に向かっていた。

――志乃は無事に戻っただろうか。

次の仕事のことより、それが気になった。首尾よくお美津の方を仕留めたとしたら、もう今頃は『風月庵』に戻っているはずだ。

――残りは天海ひとりだ。

智龍院の山門の前にさしかかった。

修行僧がふたり、金剛杖《こんごうづえ》を持って門の左右に仁王立ちしている。

幻十郎がつかつかと歩み寄る。

「待て」

ふたりの修行僧が立ちはだかった。と同時に幻十郎が抜きつけの一閃《いっせん》を放った。ひとりは頸《くび》を裂かれ、ひとりは胸を突かれて声を発する間もなく倒れ伏した。

刀を鞘《さや》に納めると、幻十郎は何食わぬ顔で奥に向かった。本堂の前を右に折れる。木立の向こうに切妻《きりづま》屋根の方丈が見えた。

そっと歩み寄って中の様子をうかがう。明かりが洩《も》れてくる。

妻戸に手をかけたとき——、

「貴様、何者だ？」

突然、背後で声がした。山伏が三人、立っている。一ノ坊と配下の山伏である。

「死神だ。天海の命をもらいにきた」

「おのれ！」

三人がいっせいに錫杖《しゃくじょう》の仕込み刀を抜き放った。幻十郎は方丈の裏手に走った。三人が追ってくる。騒ぎに気づいたか、あちこちから山伏たちが駆けつけてくる。

方丈の裏手に護摩堂があった。

幻十郎は護摩堂の回廊にひらりと身を躍らせた。山伏たちも回廊に駆け上がってきた。

総勢八人。四人ずつ二手に分かれて、幻十郎を挟み打ちにした。

ひとりが錫杖の仕込み刀をふりかぶって突進してきた。

しゃっ。

幻十郎が下から薙ぎ上げた。逆袈裟に斬られたその山伏は、勾欄《こうらん》からくるりと一回転して地面にころげ落ちた。

左方のふたりが斬り込んできた。ひとりの切っ先をはね上げて、もうひとりを上段から斬り下げた。ドタッと音を立てて回廊から転げ落ちた。

残る六人が左右から猛然と斬り込んできた。が、狭い回廊の上では、思うように動きがとれない。逆に幻十郎のほうが有利だ。

大刀を右手にかまえ、左手で脇差を抜く。右の敵を大刀で斬り伏せ、左の敵を脇差で突く。回廊はたちまち血の海だ。切断された肉片があちこちに飛び散っている。

残るのは一ノ坊ひとりである。

幻十郎は勾欄を跳び越えて、地面に降り立った。一ノ坊も跳び降りた。仕込み刀を下段に構える。幻十郎は二刀である。

須臾《しゅゆ》の間、無言の対峙《たいじ》がつづいた。

仕掛けてきたのは一ノ坊であった。

「おりゃッ！」

気合とともに一気に間境を踏み越え、下段にかまえた仕込み刀を斜めに薙ぎあげた。

幻十郎は左の脇差で切っ先をはねのけ、そのまま左に回り込んで、大刀を横に払った。

一ノ坊の左腕が肩の付け根から切断されて、数間先に転がった。体の均衡をうしなって一ノ坊がよろめいた。そこへ、幻十郎の二の太刀が飛ぶ。切っ先が頸を裂いていた。

すさまじい血を奔出させて、一ノ坊は丸太のように地面に転がった。

脇差を鞘におさめ、血刀を引っさげて方丈にとって返す。妻戸を開ける。奥から明かりが洩れてくる。土足で上がり込む。

明かりは廊下の突きあたりの部屋から洩れてくる。天海の私室であろうか。

がらっと襖を開け放つ。

独酌で酒を飲んでいた天海が、一瞬、けげんそうな顔で幻十郎を見上げた。かなり酒がまわっているのだろう。酔眼朦朧《もうろう》である。

「な、なんだ、貴様は？」

「死神だ。お前さんの命をもらいにきた」

「ふふふ、下らん冗談はやめろ」

「これが冗談だと思うか」

いきなり天海の鼻づらに血刀を突きつけた。天海は仰天して跳びすさった。一気に酔いが醒《さ》めた。体がぶるぶると顫《ふる》えている。

「そ、そうか……、松平楽翁の刺客というのは貴様か……。楽翁からいくらもらっているか知らんが、わしは、その倍額を払おう」

「あいにくだが、金のためにやってるんじゃねえ。貴様たちに食い物にされた女たちの無念を晴らすためにやってるんだ」

「女？……な、何のことやら、わしにはさっぱり……」

「とぼけるな！」

幻十郎の刀が一閃《いっせん》した。

「うわッ！」

天海の右の耳朶《じだ》が飛んだ。右半面を血に染めて慄然《りつぜん》と後ずさる天海に、幻十郎がじりじりと迫りながら、

「中野播磨守も、おれがあの世に送った。娘も冥土《めいど》に旅立ったはずだぜ」

「お、お美津も……！」

「次は……、おめえの番だ」

幻十郎が叩きつけるように刀をふり下ろした。畳一面が血に染まった。その血の海に天海の首が転がっていた。

幻十郎は、刀の血を拭って鞘におさめると、脇差を引きぬいて、首のない天海の胴体に垂直に突き立てた。

それがお夕（美濃屋のひとり娘・お園）の墓標だった。

5

「孫兵衛！　孫兵衛！」

外出から戻ってきた楽翁が、玄関で大声を張り上げている。

奥から孫兵衛がとび出してきた。

「殿、何事でございますか」

「面白い話がある。わしの部屋に来い」

式台に上がり込むと、楽翁はずかずかと足を踏み鳴らして奥の部屋に向かった。孫兵衛が小腰をかがめて従《つ》いて行く。

部屋に入るなり、楽翁はどかりと腰を下ろし、脇息《きょうそく》にもたれながら話を切り出した。

「昨夕、大奥の長局で御中﨟のお美津の方が急死したそうじゃ」

「急死？」

「表向きは心の臓の発作ということになっておるが……」

楽翁が身を乗り出して、

「何者かに殺されたのではないかと、もっぱらのうわさじゃ」

「ほう――」

大奥では、奥女中が怪死するという事件が過去にも何件かあった。だが、すべて闇に葬られている。「臭い物にふた」の秘密主義がまかり通っていたからである。

「そればかりか、お美津の方の養父・中野播磨守、そして実父の智龍院天海も何者かに殺されたそうじゃ」

「ほほう！」

驚嘆するようにうなずきながら、

（幻十郎、やってくれたか……）

孫兵衛は、内心ほくそ笑んでいた。

「この三人が消えてくれたので、結局、智龍院の将軍家御祈禱所取り扱いの一件は、白紙にもどった。泉下の脇坂淡路守もさぞ満足しておろう」

「しかし殿、いったい何者がその三人を……？」

孫兵衛がとぼけ顔で問い返した。

「ふふふ、わしに訊くまでもあるまい」

「はあ？」

「あのような『荒仕事』をやってのけられるのは、死神しかおらぬ」

「ま、まさか――」

「あれは死神幻十郎の仕業に相違ない……、孫兵衛」

「は」

「幻十郎は『風月庵』から出て行ったのか？」

「いえ、三日の猶予を与えましたので、まだ……」

「そうか」

楽翁が手文庫から切り餅三個（七十五両）を取り出して、孫兵衛の前に置いた。

「中野播磨守、智龍院天海、お美津の方、この三人の命、ひとり二十五両でわしが買い受けた」

「ははっ」

『風月庵』に住まうことも許す。従前通り取り引きもつづける……、そう申し伝えてくれ」

楽翁は平気で前言をひるがえす。文字通りの「朝令暮改」である。

「承知つかまつりました」

苦笑まじりに孫兵衛がうなずいた。

『風月庵』の板間では、幻十郎、鬼八、志乃、歌次郎が囲炉裏をかこんで酒を酌み交わしていた。

「それにしても……」

歌次郎が感心した面持ちで、

「志乃さんの度胸には恐れいりました。大奥の長局に、それもたった一人で乗り込むなんて――」

「七つ口さえ通り抜ければ、あとはどうってことないんですよ。大奥には何千人もの奥女中が暮らしてますからね」

志乃が恬淡と笑う。

「そうはいっても……」

鬼八が茶碗《ちゃわん》酒をあおりながら、

「志乃さんが無事に戻ってくるまで、あっしは生きた心地がしなかったぜ」

「ま、とにかく、最後の仕事はきっちりやり遂げた。これでいっぺん解散ってわけだが
――」

幻十郎が言いかけたところへ、土間の戸ががらりと開いて、

「よう、四人そろって真っ昼間から酒盛りか」

孫兵衛が袱紗《ふくさ》包みを抱えて入ってきた。

「孫兵衛どのも一杯」

幻十郎が茶碗に酒を注いで差し出すと、孫兵衛はごくりとひと口呑《の》んで、

「世間はえらい騒ぎになってるぞ」

「何のことで？」

歌次郎が白をきった。

「二千石の旗本・中野播磨守、それに将軍家御祈禱所のお墨付きが与えられることになっていた智龍院天海が惨殺されたのじゃ。町の衆も町方役人も大騒ぎをしておる」

「町方が騒いだところで、下手人は捕まらんでしょうな」

涼しい顔でいう幻十郎に、孫兵衛が、

「まったく、おぬしたちの仕事は大胆というか、手荒いというか……」

「気に入りませんか」

「その逆じゃ。楽翁さまは手のひらを返したように、すっかり上機嫌になってのう」

孫兵衛が袱紗包みを披いた。中身は切り餅三個。七十五両の金子である。

「三人の命、七十五両で買い受けるそうじゃ」

「おれたちと縁を切るって話はどうなったんで？」

鬼八が声を尖《とが》らせた。

「すまん」

と孫兵衛は頭を下げ、

「短慮なお方でのう。楽翁さまは……、殿に代わって、わしが謝る。これまで通り付き合ってくれ」

「じゃ、ここを出て行かなくてもいいんですね？」

志乃が訊く。

「もちろんじゃ」

「おれはこの家が気に入っている。二度と出ていけなどと言わんでくださいよ」

幻十郎がそういうと、孫兵衛は、

「わかった、わかった――」

しきりに頭をかいた。

囲炉裏の榾木《ほだぎ》がパチッとはぜて、火の粉が散った。土間の戸板の隙間から寒々と冷気が吹き込んでくる。

秋がすぎて、冬が訪れようとしていた。

解　説

染宮　進

「冥府《めいふ》の刺客《しかく》」シリーズの三巻目である。三巻目とはいっても、それぞれが独立した物語になっているのでどの巻から読んでいただいても差しつかえはない。

しかし、本書から読み始めようという方と、筆者なども確実にそうなのであるが、最近軽い物忘れの症状がでてきたな、という方のために、登場人物の簡単なプロフィールを紹介しておきたい。

まずこのシリーズの主人公・死神幻十郎である。こいつが滅法強い。我流ながら、鍛え抜いた肉体と強靱な精神力で鬼神のごとく剣を振るう。向かうところ敵無しである。南町奉行所一の腕利き同心として悪に立ち向かってきた神山源十郎が、阿片密売組織の陥穽によって刑場の露と消え去るところを、楽翁（松平定信）に助けられ影目付となり「冥府の刺客」としてよみがえってきたのだ。

しかし、権力者の飼い犬になることを潔《いさぎよ》しとしない幻十郎は、阿片密売組織に凄絶な闘いを挑みこれを殲滅《せんめつ》した後、影目付を返上し楽翁の束縛から逃れ〝殺しの請負人〟となったのである。

二人目は簪《かんざし》を〝隠し武器〟にする女殺し屋・志乃。幻十郎の妻織絵を凌辱し、死に追いやった隠密回り同心・吉見伝四郎の女房だった女である。吉見は幻十郎に斬られ、お家は改易、その後志乃は苦界《くがい》に身を落としていたが、幻十郎に身請けされともに修羅地獄の道を行くことを決意する。幻十郎に対するひたむきで刹那的な愛は、読む者をさらに作品世界に惹きつける。

願わくは、作者が志乃を犠牲にして物語を盛り上げようなどという、不埒《ふらち》な悪行三昧を思いつかないことを祈るばかりである。しかし、やりかねないのである。ご存じの通り、黒崎裕一郎は「必殺仕掛人」「木枯し紋次郎」や「太陽にほえろ！」などの大人気番組を手掛けた脚本家であった。七曲署《ななまがり》の若手刑事が、何人志半ばで倒れていっただろうか。作品を面白く、盛り上げるためならサブキャラの一人や二人、編集者の十人や二十人はなんのためらいもなく滅多斬りにするであろう。それほど非情な作家なのである。「志乃さんを守る会」でも作っておくか、今のうちに。

三人目は四つ目屋鬼八。四つ目屋というのは現代でいうポルノショップである。四つ目屋の主としての表の顔と、裏稼業（殺し請負人）の二つの顔を持つ。幻十郎の父の代からの密偵である鬼八の役どころは重要である。敵の悪事のからくりを暴くのに鬼八の情報収集能力、ネゴシエーション（交渉術）は欠かせない。

最後は百化け歌次郎である。赤馬とばし（放火犯）の濡れ衣をきせられ、処刑される寸前に幻十郎によって救い出された役者崩れの色男である。遊び人、行商人、担ぎ蕎麦屋などなど、その名が示すとおり変装の名人である。尾行、張り込みなんぞはお手のもの。前作『魔炎』からの登場だが、八面六臂の活躍ぶりである。

そして、幻十郎たちの雇い主となる楽翁。老中首座として幕閣の頂点に君臨し、「寛政の改革」を断行した松平定信の三十余年後の姿である。政権の座を追われ隠居した身でありながら、政敵である一橋治済と堕落腐敗した水野忠成政権への怒りと憎悪の一矢として、幻十郎を闇に放ったのである。

楽翁と幻十郎たちをつなぐのが市田孫兵衛。松平定信が白河藩主であった頃から影のように仕えてきた股肱《ここう》の臣である。癇癪《かんしゃく》持ちの楽翁と幻十郎たちの間に入って、中間管理職の悲哀を思い切り漂わせる役柄を見事に演じ切っている、なかなかの曲者だ。

さて、本編である。いずれ劣らぬ個性派揃いの殺し屋たちが、今回挑むのは大奥である。女陰《ほと》の脇に奇っ怪な刺青《いれずみ》のある水死体が、連続して発見されたことから事件は始まる。言い知れぬ不穏なものを感じた幻十郎たちは探索に乗り出すが、手がかりは手繰り寄せるそばから見えない影によって、ぷつりぷつりと切られてしまう。

それと前後して楽翁から、将軍・家斉の寵愛を一身に受け、大奥での権勢をほしいままにしているお美津の方の実家である「智龍院」を探れ、との依頼がくる。
真相を追う幻十郎たちの前で、事件は思いもよらぬ方向へと進んでいく。賄賂政治が公然と罷り通る時代を背景に、「美女三千人」といわれる世界最大のハーレムのなかで何が起きているのか。私利私欲のために裏の権力を振りかざし、罪のない女たちを地獄に突き落とす亡者どもの真の目的は……。後は読んでのお楽しみ。

蛇足ながら、人間の心は、太古の昔から進化することを諦めてしまったのだろうか。田沼意正同様、人間は、どこかの国の総理大臣でさえ、わけの分からない欲望に取りつかれると、自分を客観的に見る心が萎えてしまうのだろうか。

さておき、月並みではあるが、こう思う。
次作が待たれる！

（敬称略）

二〇〇一年三月

この作品は1998年8月廣済堂出版より刊行された『死神幻十郎㈢女人結界』を改題しました。

徳間文庫をお楽しみいただけましたでしょうか。どうぞご意見・ご感想をお寄せ下さい。
宛先は、〒105－8055 東京都港区芝大門2－2－1 ㈱徳間書店「文庫読者係」です。

徳 間 文 庫

邪《じゃ》淫《いん》

冥府の刺客

2001年4月15日 初刷
2008年1月10日 3刷

著者 黒《くろ》崎《さき》裕《ゆう》一《いち》郎《ろう》
発行者 松《まつ》下《した》武《たけ》義《よし》
発行所 東京都港区芝大門二―二―二〒105―8055
株式会社徳間書店
電話 編集〇三(五四〇三)四三五〇
販売〇四八(四五一)五九六〇
振替 〇〇一四〇―〇―四四三九二
印刷 製本 中央精版印刷株式会社

〈編集担当 本間 肇〉

ISBN978-4-19-891484-4 (乱丁、落丁本はお取りかえいたします)